I0686215

LETTRES

DE L'ÉCOLE DE BRETONNEAU

A M. LE PROFESSEUR BOUILLAUD

PAR

Le Docteur MIQUEL

TOURS

Imprimerie Ernest Mazereau

13, Rue Richelieu, 13

—

1874

LETTRES

DU VÉTÉRAN

DE L'ÉCOLE DE BRETONNEAU

A M. LE PROFESSEUR BOUILLAUD

PAR

Le Docteur MIQUEL

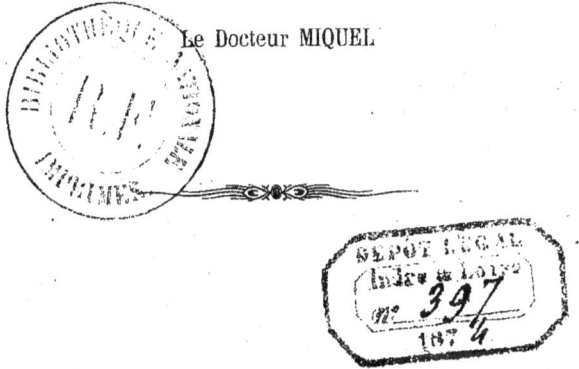

TOURS

Imprimerie Ernest Mazereau

13, Rue Richelieu, 13

—

1874

Lettre du Vétéran de l'école de Bretonneau

A MONSIEUR LE PROFESSEUR BOUILLAUD

Membre de l'Institut et de l'Académie de médecine.

Dans votre discours à l'Académie de médecine, avant la clôture de la discussion sur l'intoxication purulente qui occupa si longtemps ce corps savant, question bien grave et qui est loin d'avoir obtenu tout ce que la pratique médicale en attendait et en espérait, vous avez rappelé les services rendus à la science par Bichat, Broussais, Laennec, Andral; et comme la presse en louant ce discours a signalé la modestie avec laquelle vous avez parlé des vôtres, j'ai cru devoir me le procurer.

Quiconque a un cœur français ne peut que vous louer de ces citations, et je suis heureux de m'associer à ceux qui les ont approuvées. J'ai cependant une réclamation à faire, car je ne puis ne pas vous témoigner combien il me semble regrettable que vous ayez oublié de mentionner les œuvres de mon compatriote et maître Bretonneau qui n'a pas, il est vrai, beaucoup écrit, mais qui fut un de ces vrais cliniciens si rares et dont la France ne saurait être trop fière; il avait d'autant plus droit à ne pas être oublié par vous, monsieur le professeur, qu'il fut le premier maître et inspirateur de deux hommes (Trousseau et Velpeau) qui ont fait honneur à la faculté de Paris ; car, tant qu'ils ont vécu, nulle clinique ne fut plus fréquentée par les élèves que celle de ces deux professeurs qui cependant ne furent que des représentants incomplets de Bretonneau, car ils quittèrent Tours pour aller à Paris avant que cet observateur si remarquable eût eu le temps de compléter ce que ses premières leçons leur avaient appris.

Bretonneau fut certainement un de ceux qui méritaient le moins

1

d'être oubliés à propos de l'intoxication produite par suite de la résorption purulente, comme je crois pouvoir le démontrer ; car, lorsque l'officier de santé de Chenonceaux dut se faire recevoir docteur, avant que le ministre le nommât médecin de l'hôpital de Tours en 1815, il prit pour sujet de sa thèse la question du traitement de l'érysipèle, de la brûlure et du phlegmon diffus des membres par la compression. Or, combien voit-on d'érysipèles spontanés? J'en cherche depuis quarante ans un cas qui n'ait pas été précédé d'une petite blessure, d'une suppuration ou d'une affection à sécrétion morbide. Combien voit-on, si l'on veut bien chercher, de phlegmons diffus qui n'ont pas été produits par une suppuration? or, en chirurgie, quelles sont les causes de revers les plus fréquentes après l'érysipèle et le phlegmon diffus? Ce n'est pas le pus physiologique, mais le pus altéré, fermentant sous une croûte ou sous un pansement mal fait ou trop tardif, qui agit ici comme dans la piqûre anatomique ; voilà ce qu'avait dit Bretonneau, et c'était certes un premier titre à être cité par vous dans cette circonstance.

2° C'est quelques mois après avoir pris le service de l'hôpital de Tours que Bretonneau attira l'attention de son modeste auditoire (car nous n'étions pas plus de 12 à 15) sur la fièvre entéromésentérique de Petit et Serres, muqueuse ou catharrale de Rœdrer et Wagler, entérite qui est l'effet d'un agent spécifique transmissible. (Ce fut à propos d'un malade de la salle 4, je ne l'ai pas oublié, que Bretonneau nous parla ainsi : « Messieurs, c'est pour être à même d'étudier cette maladie que j'ai désiré devenir médecin de l'hôpital. ») Eh bien, à partir de ce jour, il nous lut souvent des passages de ces deux ouvrages ; puis, après nous avoir démontré l'affinité et les différences qui existent entre cette maladie et la variole, il nous fit voir que la fièvre bilieuse, ainsi que celles dites adynamique, ataxique, n'étaient que des nuances de cette maladie ; que dans cette entérite, effet d'un agent spécifique transmissible, l'un des moments les plus à redouter est celui où les plaques de Brunner et de Payer laissaient aller leurs bourbillons, que les ulcérations et les accidents qui en résultaient sont comparables à ce qui se fait sous les boutons de la variole, par le fait de la résorption purulente ; il ajouta à sa démonstration que chaque agent à sa manière d'agir, que le vésicatoire n'agit pas comme la moutarde, ni la pierre à cautère comme l'acide sulfurique ou le fer rouge, c'est à partir de ce moment que pour nous la spécificité fut un fait démontré. Eh bien, monsieur, est-ce que l'infection purulente ne joue pas un grand rôle dans cette maladie?

3° N'est-ce pas encore Bretonneau qui, quinze ou vingt mois après, lorsqu'un régiment eut importé à Tours ce qui était regardé comme une maladie spéciale des gencives voisine du scorbut, constata que le croup et l'angine dite maligne ou gangréneuse n'étaient que des nuances de cette affection, enfin que la phégarite, l'angine gangréneuse, le croup, n'étaient qu'une même maladie, qu'elle était contagieuse, que tout ce qui avait été dit sur ses diverses formes, le croup surtout, ne méritait pas les éloges qu'on en avait faits à propos du prix proposé par Napoléon Iᵉʳ ; et quoi qu'en puissent dire les chercheurs d'un meilleur traitement, c'est encore à lui qu'on doit la vraie méthode pour arrêter les conséquences de l'action de l'agent de la diphtérite dont la résorption a de si fâcheux effets, car, plus vite on l'applique, plus on empêche la contamination d'exercer ses ravages, et surtout plus on prévient l'envahissement des voies respiratoires trop souvent consécutif à l'angine naso-gutturale, et plus on prévient aussi cette paralysie si étrange dans sa marche et si promptement mortelle.

4° Personne ne vous conteste, monsieur le professeur, le mérite d'avoir mis en lumière un fait très-important. Je veux parler de la coïncidence des maladies du cœur avec le rhumatisme articulaire ; mais vous avez simplement constaté le fait sans en donner l'explication ; eh bien, c'est encore à l'esprit observateur du clinicien tourangeau que cela appartient. Cette remarquable observation suffisait seule, je crois, pour que le nom de Bretonneau ne fût pas oublié à propos des effets de la résorption purulente, car comment prévenir un mal si on n'en connaît pas la cause? Il y a plus de trente ans que Bretonneau m'a fait part du fait qui l'a mis sur la voie ; eh bien, je déclare que, depuis, je cherche un cas de rhumatisme articulaire qui n'ait pas été précédé d'une suppuration ou de la scarlatine, ou la dyssenterie, ou d'une maladie des voies urinaires, soit d'une ulcération profonde de la nutrition, Il faut sans doute pour cela remonter aux sources et ne pas attribuer, comme cela se fait trop souvent pour tant de maladies, à l'influence du froid. Car, sur 124 observations qui vous ont servi à faire votre remarquable travail, vous ne voyez pour cause du rhumatisme articulaire que le froid, quand seulement 24 de ces malades ont cru devoir l'attribuer à cette cause, nombre qu'un observateur comme Bretonneau aurait certainement réduit de beaucoup.

5° Il est encore une observation que je crois devoir revendiquer pour mon premier maître, c'est que la fièvre est presque toujours l'effet d'une intoxication, ou tout au moins qu'elle est due à la présence dans le sang d'un principe toxique. Cette observation trouvera des critiques et des incrédules, comme toutes les idées neuves; laissez-moi vous rapporter comment il a été amené à cette conclusion.

Dînant un jour à Chenonceaux dans une réunion de vingt personnes, il lui vint à l'idée de tâter le pouls de tous les convives avant de les laisser se mettre à table, puis deux heures après il répéta la même expérience, tenant note pour chacun de la différence dans le nombre des pulsations: eh bien! celui des hôtes chez qui la circulation était la moins active avait un pouls qui donnait vingt pulsations par minute de plus qu'avant le dîner, tandis que chez plusieurs il battait 40 fois de plus et même 50 fois sur l'une des personnes présentes: ceci n'est pas exceptionnel, car mon gendre, le docteur Lagarde, à qui je rapportai le fait, recommença l'expérience et obtint un résultat semblable.

Bretonneau partait de cette observation pour soutenir que la fièvre était presque toujours l'effet d'une intoxication, ou tout au moins une suite de l'introduction dans le système vasculaire d'un modificateur qui contient un principe excitant et même toxique. Or, la fièvre ne se développant pas toujours après les plus grandes souffrances, n'était selon lui que la conséquence de l'introduction dans la circulation d'un agent plus ou moins toxique ou irritant. Lorsque Malgaigne vint présider le jury médical, il ne connaissait Bretonneau autrement que par ses travaux. Je fis tout pour nous faire passer quatre soirées ensemble, et c'est dans l'une de ses conversations intimes qu'il raconta devant moi l'expérience que je viens de rapporter et les conséquences qu'il avait cru devoir en tirer.

Je regrette de ne pouvoir rappeler ici tout ce que Bretonneau répliqua aux objections qui lui furent faites par Malgaigne; il est facile de se faire une idée de l'intérêt de la discussion, car le président du jury médical était certainement un des hommes avec lesquels une discussion était le plus difficile à soutenir; mais ce que je ne dois pas taire, c'est que le lendemain Malgaigne me prenant par le bras me dit : « Quel homme, mon cher Miquel, quel observateur que votre ami. Les faits qu'il oppose et les observations qu'il m'a faites sont mon unique préoccupation depuis hier soir. »

Ce qui est certain, c'est qu'il n'y a guère de médecins dans notre siècle qui aient démontré que deux causes ou plutôt deux agents spécifiques peuvent produire ce qui était regardé par tous comme huit maladies de causes diverses, et qu'en soignant l'une d'elles on en peut prévenir trois autres ; que les accidents du cœur ainsi que ceux du rhumatisme articulaire sont le fait d'une intoxication, effet de la résorption, et qu'ils se reproduisent ou résistent tant qu'on ne prévient pas le retour de la cause intoxicante.

Il est regrettable qu'à la fin d'une carrière si belle, Bretonneau n'ait pas publié un recueil d'observations, fruit de ses soixante ans de pratique ; car combien possédait-il de faits démontrant la transmissibilité de la phthisie d'époux à époux, maladie devenant presque toujours plus promptement meurtrière pour les contaminés que pour les contaminants, observations malheureusement trop justes que j'ai eu tant de fois l'occasion de vérifier, notamment dans deux circonstances que je crois devoir citer. Ainsi, le docteur Lagarde et moi avons vu mourir phthisiques les deux maris d'une femme demeurant à Amboise, qui ne succomba que quelques années après de la maladie qu'elle avait communiquée. Mon ami Viel, pharmacien à Tours, ne m'a-t-il pas mis en rapport avec une femme qui avant de mourir d'une phthisie originelle était devenue veuve de trois maris qui avaient successivement succombé à la même maladie acquise pendant leur vie conjugale ?

Bretonneau était le plus grand opposant des médications antigoutteuses : la liste des goutteux succombant à des accidents soit du cœur, soit du foie, soit du cerveau, après avoir usé des sirops de Boubée, des pilules de Lartigues et autres agents de même sorte, était bien longue ; aussi pour moi qui lui avais entendu exprimer son opinion sur cette matière, j'ai eu bien des occasions de vérifier déjà depuis de longues années la vérité et la justesse de ses remarques ; et pour prouver ma conviction, je crois devoir encore raconter ce qui suit : Le docteur Lagarde vint un jour me consulter à propos d'un ami commun que j'avais longtemps soigné à Amboise ; les accidents cérébraux que ce monsieur éprouvait étaient tellement singuliers que mon confrère ne savait comment les expliquer ; aussi quand je lui dis : Cet homme est goutteux, je gage qu'il a pris des remèdes anti-goutteux, — mon gendre m'ayant répondu que non, je m'en informai avec plus de soin et je sus que le malade avait pris sans rien dire des pilules de Lartigues qui lui avaient été données par le maire de Pocé comme anti-goutteuses.

Pourquoi je suis partisan de la manière dont Bretonneau expliquait la fièvre.

Vous allez peut-être dire : mais que ressort-il donc de si intéressant pour la pratique, à propos de l'infection purulente, des observations de votre compatriote ? Afin d'éviter une supposition qui nuirait, je crois, au but que je me propose, je dois vous dire que j'étais élève en médecine à l'hôpital de Tours lorsque Bretonneau fut nommé médecin de cet établissement, et que je suis toujours resté l'un des étudiants les plus assidus, les plus respectueux de ce maître jusqu'en 1821. Malgré cela, et sans que j'aie seulement mérité un reproche de sa part ni d'aucun chef de service, je puis, sans exagérer, affirmer qu'il m'a fallu parfois lutter avec lui d'une façon, je dirai exceptionnelle ; que cette lutte entre l'élève et le maître a duré sans relâche jusqu'au jour où à force de bons procédés de ma part, en 1848, nous sommes devenus des intimes ; et si à la fin de sa carrière nos relations ont cessé, la cause en est due à nos habitudes de sincérité qui ont gêné un tiers. Ce n'est point par un sentiment de flatterie et sans motifs sérieux, enfin c'est réellement par conviction que j'ai souvent, pendant plus de 50 ans, puisé dans ses leçons et ses travaux une partie des succès de ma longue et laborieuse pratique médicale ; c'est donc sincèrement et poussé seulement par un sentiment que personne ne désavouerait que j'essaye, à la fin de ma carrière, de faire ressortir ce que les observations de mon compatriote peuvent avoir d'utile pour nos successeurs et aux progrès qu'il est si important de faire faire à la pratique médicale.

Je crois devoir commencer par ce qui me semble ressortir de l'une de ses dernières observations, je veux parler de son étude sur la différence de l'état du pouls avant et après le repas (qui après donne de 20 à 50 pulsations de plus qu'avant), c'est-à-dire sur la fièvre de la digestion, remarque qui, je crois vous l'avoir oit, fut entre lui et Malgaigne l'occasion d'une si longue causerie : car, pour Bretonneau, toute la théorie de la fièvre se trouve là; oui, pour lui, ce phénomène morbide est dû à la présence dans le système circulatoire d'un agent toxique ou excitant; enfin c'est par le contenu, si je puis dire, que le contenant est mis dans des conditions anormales. A ceux qui croient que la fièvre est seulement la conséquence de la douleur et d'un trouble de l'organisme, je dirai : Pourquoi précède-t-elle la congestion qui suit les processus inflammatoires? Si la fièvre est due à la douleur et non pas à un agent qui a été absorbé et est passé dans le sang, comment expliquer convenablement que le frisson et la fièvre ou tout au moins l'accélération du pouls soient, je dirai nulles dans la colique néphrétique, dans celle hépatique, dans les accès d'asthme, dans ceux épileptiques, dans les accès d'angine de poitrine, dans les angoisses de la hernie étranglée; enfin, dans presque toutes les grandes douleurs ; et alors pourquoi la fièvre et les désordres généraux qui sont ses concomittants sont-ils généralement d'autant plus violents que l'inflammation va être plus forte? Pourquoi la précèdent-ils généralement?

Les effets immédiats de la morsure de la vipère, pour ceux qui ont été à même d'en observer quelques cas, répondent sans réplique à ceux qui voudraient nier que les troubles de la circulation sont l'effet d'une absorption ; car à peine le blessé a-t-il pu s'occuper de sa blessure, c'est-à-dire de la morsure du reptile, que déjà il vomit et que la circulation est vivement troublée. Si le sang n'était pas devenu comme de la gelée de groseille sur le trajet de la blessure jusqu'au cœur, on ne se douterait pas de la différence qu'il y a entre cette blessure venimeuse, pour les troubles généraux qui en sont la suite, avec celles que produit le phlegmon diffus résultant d'une plaie souvent très-petite mais intoxiquée. Au début, il n'y a de différence un peu marquée dans ce dernier cas que les accidents sont un peu plus lents à apparaître. Je n'ignore pas que l'on qualifiera d'excentrique celui qui croit que la fièvre qui précède les inflammations est la conséquence d'une intoxication préalable, intoxication qui est le produit de la résorption d'un peu de pus altéré ou d'un produit sécrété par un organe souffrant devenu irritant, souvent très-peu apparent et qui a dû rester longtemps, je dirai innocent ou silencieux ; on invoquera contre cette manière de voir le court espace de temps qui s'écoule souvent entre les pansements et surtout la petitesse du foyer primitif de cette absorption toxique.

Avant de faire ces objections je les engagerai, quand ils sont consultés pour des ganglions gonflés, qu'ils soient sous l'aisselle, dans l'aîne ou derrière le col, à examiner soigneusement les membres, le cuir chevelu ou le derrière des oreilles, et les parties sexuelles. J'ose croire qu'ils seront frappés de ce fait, c'est qu'il faut assez souvent l'aide d'un verre grossissant pour trouver le point qui est le siége de la suppuration, ou sécrétion morbide, cause de ces gonflements ganglionnaires, par conséquent qui sont le point de départ de ces perturbations; car il arrive plus souvent qu'on le croit, que le foyer infectant est très-petit et paraît aussi peu digne d'attention que possible, souvent très-ancien et presque guéri.

Quant à l'objection tirée du peu de temps qu'il faut pour qu'une plaie devienne capable d'infecter l'économie, je dirai : observez bien ce qui se passe le jour qui suit celui où l'on a mis un peu d'éponge préparée dans une plaie fistuleuse, quelque petite que soit la plaie et l'éponge ; ou bien ce qu'il advient après un pansement attardé seulement de 12 heures pour une plaie souvent fort peu large ; dans l'un comme dans l'autre cas, il survient souvent un frisson, des nausées ou tout au moins du malaise, du dégoût, et le pus qui s'écoule est un peu rougeâtre, odorant ; ce n'est plus du pus normal, il est altéré. Enfin si cela ne peut les convaincre, qu'ils répètent une expérience que j'ai vu faire à des paysans chez quelques malades. Un animal en vie, soit un lapin, un pigeon, un poulet ou un chat, est coupé à l'aide d'un paltret, les intestins sont enlevés à la hâte et aussitôt cet animal ouvert et à peine mort, il sert à faire, avec sa chair palpitante, un cataplasme sur la partie souffrante. Eh bien, en 5 ou 6 heures au plus,

cette chair est devenue tellement infecte qu'il faut être peu difficile pour séjourner dans l'appartement où reste le malade ; ainsi
quelques heures suffisent donc pour faire de ce cataplasme un
corps en putréfaction complète infectant. Quand on a vu cela on
s'explique, je crois, les cas d'infection si fréquents et si terribles
après les grandes opérations et la nécessité de tout faire pour
s'opposer à la putréfaction du sang qui les couvre ; enfin cela
donne l'explication de la fièvre traumatique surtout sur des gens
chez qui l'émotion et la douleur ont troublé les fonctions digestives.

Il faut aussi se rappeler combien il arrive fréquemment que le
pus claustré sous une croûte sèche ou renfermé sous l'épiderme
devient, je dirai rongeant : dans le premier cas, telle plaie que l'on
croyait guérie, se trouve creusée comme si on y avait mis un corps
étranger, car elle ressemble à celle d'un petit cautère ; dans l'autre
cas l'épiderme est soulevé, la plaie s'élargit autour de la croûte qui
colle l'épiderme au derme, ce qui fait une espèce de coque, au
point qu'il n'est pas rare d'en voir acquérir la dimension d'une
pièce de 5 francs, tant qu'on ne fait pas cesser cette claustration,
et alors tout le derme sous-jacent a perdu ses premières couches,
elles ont été érodées par le pus.

Pour moi qui ai vérifié cela tant de fois, je ne crois pas qu'il soit
déraisonnable d'en inférer que toutes les fois que la fièvre précède une inflammation, elle est l'effet d'une intoxication préalable, cause de la congestion ou de la lésion qui va suivre. Si elle
était l'effet de la congestion inflammatoire, et non de l'intoxication,
pourquoi la précèderait-elle ? et surtout pourquoi n'augmenterait-
elle pas avec elle et tomberait-elle avant elle ? Or, quelle est la
matière toxique parmi celles qui agissent par absorption, qui ne
fait pas plus ou moins acte de présence sur presque tous les viscères, tels que le foie, les reins, en même temps que sur le cœur et
les gros vaisseaux ? Or, cela se fait d'une façon telle que ce passage ou cette présence d'un agent infectant fâche, si je puis dire,
plus fortement celui des organes qui est déjà plus facile à être
impressionné ou plus souffrant ; observation vulgaire mais grosse
de conséquences, car si Broussais avait connu les remarques de
Bretonneau et les eût jointes à celles d'Orfila sur la présence des
toxiques absorbés dans les différentes viscères, il eût certaine-

ment puisé là un moyen plus compréhensible pour expliquer à ses auditeurs le mécanisme des inflammations dites sympathiques ainsi que leur prétendu déplacement, et s'il eût donné une, autre explication aux troubles primordiaux des maladies aiguës il eût été, disons le mot, plus physiologique dans les explications qu'il nous donnait.

Ce dont la Thérapeutique peut et doit bénéficier des effets de la compression.

Quant aux bénéfices que la thérapeutique peut retirer de la compression bien faite appliquée à l'érysipèle et aux phlegmons des membres, ils sont, si je ne me suis pas fait illusion, considérables ; d'abord parce qu'il n'est pas d'accident plus redouté du chirurgien que ces maladies ; secondement, parce que l'effet bien compris de ce mode de panser ne peut pas ne pas être un jour le point de départ d'une véritable révolution dans la manière de traiter désormais l'érysipèle quand il siége dans d'autres régions ; et enfin, ce qui est bien plus important, c'est celle qu'il doit faire naître à propos du traitement des maladies éruptives qui laisse tant à désirer, car jusqu'à ce jour on semble ne s'être pas douté de ce qu'il exige pour être fructueux, et ne soit plus, comme celui de tant d'autres maladies, laissé à l'empirisme le plus complet.

Si l'érysipèle et le phlegmon diffus des membres ne sont pas plus suivis d'accidents dits répercussifs quand ils sont guéris par l'emploi d'un bandage compressif bien appliqué, que la guérison des ulcères variqueux obtenue par ce même moyen (la compression, dans ce cas, ne fait-elle pas cesser un écoulement souvent aussi sanieux qu'il est abondant et ce moyen de traitement n'est-il pas admis sans conteste depuis plus de 80 ans ?), quel est le cas qui aurait pu faire plus craindre la répercussion ? Alors pourquoi redoute-t-on ce fâcheux résultat quand l'érysipèle envahit d'autres parties que les membres, là où la compression n'est pas praticable ? Que fait-on par cette manière de le traiter ? Rien de plus que de modérer le mouvement fluxionnaire. On circonscrit pour ainsi dire la congestion d'abord, puis on laisse l'agent qui la provoque user son effet ; enfin on fait tout pour calmer l'impression de la cause, car, selon sa nature, la durée de la réaction est variable.

Poussé par ces réflexions qui me furent inspirées par les leçons de Bretonneau, je me suis dit : Quel inconvénient peut-il y avoir à remplacer la compression qui donne de si bons résultats, quand elle n'est pas possible, par des topiques résolutifs calmants et même abortifs, moins efficaces il est vrai, que des compresses et une bande bien appliquée, mais enfin qui les secondent ? Eh bien ! depuis que j'ai cessé d'être un simple étudiant, que j'ai dû agir, je n'ai pas dévié de ce plan de conduite, et malgré ce que j'ai lu et entendu dire, je suis encore à trouver un fait qui ait pu seulement me laisser croire qu'il y a mieux à faire ; car quand je compare ce que j'ai obtenu avec le résultat des autres médications que j'ai vu mettre en œuvre, je me demande comment il se fait que je croie que c'est pour moi un devoir de publier aujourd'hui ces lignes, car depuis 53 ans, je suis encore à voir mourir un malade atteint d'érysipèle traité par moi. Je ne dois pas omettre de dire que je n'ai jamais laissé user, dans ces cas, des purgatifs, et encore moins des vomitifs, qui sont si souvent les provocateurs des accidents que l'on veut, dit-on, prévenir, mais qui constamment les augmentent.

Je vous ai dit que le jour où la thèse exigée pour que l'officier de santé de Chenonceaux fût fait docteur, et deux jours après médecin de l'hôpital de Tours, serait bien comprise, elle serait aussi le point de départ d'une véritable révolution pour le traitement des maladies cutanées éruptives qui font tant de victimes : car, pour quiconque voudra se bien rendre compte comment ces maladies tuent le plus ordinairement, il sera évident que quand elles compromettent la vie, c'est par la souffrance de la peau qui agit là comme dans les brûlures larges et superficielles, et que ce n'est guère que secondairement qu'elles mettent la vie en danger par des désordres organiques variant selon la nature de l'agent producteur du mal ; car, à très-peu d'exceptions près, si dans la période aiguë la vie est compromise, c'est quand la peau souffre et en proportion de cette souffrance, ce qui se fait comme si l'agent producteur du mal n'agissait pas *ab intra* ; car, si je ne me fais pas illusion, il y a très-peu de différence entre les accidents qui précèdent la mort dans les deux cas. Oui, les maladies éruptives, variole, scarlatine, rougeole, etc., seront incomparablement moins meurtrières le jour où l'on reconnaîtra l'inutilité, pour ne pas dire plus, de ces médications qui sont toutes conseillées dans l'intention de provoquer, d'exciter même le développement de l'éruption, ce qui a parfois des résultats si contraires et pour le moins inutiles.

Pour peu que l'on ait étudié le début et la marche des accidents de ces affections, il est facile de constater que quand le médecin est appelé, que même avant que le malade éprouve quelques perturbations, le virus est arrivé dans les organes qu'il va impressionner, mais de plus qu'il a commencé à agir, qu'il y a déjà une réaction contre lui ; que par conséquent il ne peut plus être ni déplacé ni détruit ; que son existence, qui n'a qu'une durée fixe et connue, ne peut être entravée convenablement par des ingesta qui même en bonne santé troublent l'économie, et par cela même ne font et ne peuvent qu'augmenter ou compliquer les effets de cet agent ; que ce qui reste à faire au médecin, c'est de tempérer la congestion que la réaction va produire : car, si dans certains cas l'action de cet agent paraît attardée et donne lieu à des effets qui ne sont pas normaux, la cause est due à un trouble des principaux organes qui, en épuisant l'action vitale, empêche la réaction de suivre sa marche habituelle, trouble qu'il faut calmer autant que possible pour que les conditions physiologiques normales reprennent leur empire.

Pour être utile dans ces cas, ce que le médecin peut conseiller, c'est, tout en évitant ce qui peut troubler les fonctions, ce qui peut modérer la congestion que va subir la peau, enfin amoindrir les souffrances que l'impression du virus produit, quand il ne peut les prévenir par un traitement topique appliqué dès le début, ce qui n'est pas toujours possible, tant s'en faut, mais ce qui sert toujours à modérer cette congestion. Le pansement de la peau par des topiques modérément astringents, procure infailliblement les résultats les plus satisfaisants, sans donner lieu à des regrets ou à des accidents secondaires que les vieilles théories qu'il serait si urgent de dépopulariser font craindre si inutilement, ce que j'affirme et crois avoir démontré à ceux qui m'ont vu à l'œuvre depuis un demi-siècle, aussi bien pour la scarlatine que pour la variole les plus graves, mais ce que je n'ai pu encore faire admettre par mes lecteurs.

Sur la fièvre typhoïde (1).

Les premières remarques faites par Bretonneau sur la fièvre typhoïde ont pour le moins autant d'importance que ce qui ressort de la thèse inaugurale à propos de la compression. D'abord parce qu'elles ont tranché la question de la spécificité, et de plus, il suffit pour faire ressortir ce qu'elles ont de digne d'intérêt de poser les questions suivantes :

1° Cette maladie a-t-elle, à très-peu d'exceptions près, oui ou non, comme la variole et ses congénères, une marche invariable, c'est-à-dire, ses prodromes, sa période d'éruption, celle d'exfoliation, d'ulcération ? 2° Ajoutons à cela cet autre fait, n'est-elle pas sinon contagieuse tout au moins transmissible par les literies et la cohabitation, remarque fort importante pour en éviter les épidémies ou au moins en modérer les progrès ? 3° Le miasme intoxicant n'agit-il pas sur tout l'organisme comme ceux des autres maladies

(1) J'ai peut-être tort de me servir du mot fièvre typhoïde, qui est, je dirai d'usage, plutôt que celui choisi par Bretonneau (dothinantérie), car il n'est question ici que de cette maladie qui rend les plaques de Peyer et Bruner d'abord gonflées et puis ulcérées, qui en même temps gonfle énormément les ganglions mésentériques, fait qu'ils se remplissent d'une matière pultacée qui les rend tout à fait semblables à ceux que l'on observe le long de la trachée et des bronches après la rougeole, qui enfin met les vaisseaux absorbants mésentéro-entériques dans un état morbide tel qu'ils sont incapables de fonctionner normalement; car je ne veux pas parler ici de ces fièvres qui n'ont pas plus de ressemblance avec cette maladie que la variole n'en a avec la scarlatine, la rougeole, la varicèle et autres affections éruptives ; enfin je n'entends point parler de ces fièvres dont le nombre est, je crois, plus grand qu'on semble le croire : question bien grave qui sera un titre à la reconnaissance publique, tel, je crois, pour celui qui pourra éclairer convenablement cette question, que s'il ne me fallait pas compter avec mes 77 ans et mes infirmités je n'hésiterais pas à aller encore fouiller les cimetières, malgré la loi qui traite les médecins chercheurs comme les gens malintentionnés.

éruptives telles que la variole, la rougeole et la scarlatine ? Si cet agent n'a pas son action sur la peau, ne l'a-t-il pas sur l'intestin ? Car dans la dothinentérie cet organe subit un effet morbide à marche aussi constante que celui de la peau ; dans la variole, l'éruption a ses périodes dont la gravité dépend non-seulement du nombre de plaques qui vont s'ulcérer, mais aussi dont les divers états peuvent avoir des conséquences plus ou moins graves.

Cette intoxication ne borne pas son action seulement à l'intestin seul, elle porte encore sur le foie, les reins, la rate, enfin sur tous les principaux viscères, lesquels, comme dans la variole et la scarlatine, peuvent être plus ou moins affectés selon qu'ils sont plus ou moins disposés aux congestions morbides. A-t-on trouvé, peut-on espérer trouver un agent qui puisse paralyser ou modifier l'action de l'agent de cette maladie, plus qu'il en a été trouvé pour la variole et ses congénères ? Non, certainement, puisque quand le médecin est consulté c'est quand ses effets se font sentir, quand par conséquent l'impression est opérée ; enfin les essais qui ont été faits dans ce but ne sont-ils pas plus nuisibles qu'utiles ? Aussi ce qu'il serait bien nécessaire de professer, je crois, c'est que lorsque l'action intoxicante a été forte, ou lorsqu'elle sévit chez des sujets qui subissent encore les suites de souffrances organiques antérieures, cette maladie peut, comme cela se voit dans la variole et les autres maladies de cette espèce, être suivie ou donner lieu à des accidents secondaires plus ou moins graves, quoique ces derniers n'aient rien de spécifique ; et ce qu'il ne faut pas oublier, car c'est une condition bien nécessaire et qui me semble bien peu appréciée par le corps enseignant actuel, c'est que, selon que l'éruption intestinale est plus ou moins bien traitée topiquement, quoiqu'elle ne puisse être empêchée, les conséquences que cette maladie peut avoir peuvent prendre des proportions bien plus compromettantes que dans les maladies cutanées éruptives ; aussi je crois qu'il suffit de soulever cette question pour démontrer combien l'observateur de l'hôpital de Tours a plus servi la science que ceux de nos collègues qui ont publié de nombreux travaux sur les fièvres ; et de plus, si j'en juge par une pratique aussi étendue que possible, tant à la campagne qu'à la ville, je crois pouvoir dire que le jour où on enseignera que tous les ingesta capables d'irriter les voies digestives doivent augmenter l'éruption dothinentérique, que ceux moins actifs mais capables de s'acidifier ou de se putréfier, une fois ingérés, peuvent faire également le même effet; et de plus, que loin de rester, je dirai innocents, sur les ulcérations que laissent les plaques malades, après en avoir augmenté le nombre, ils les rendent plus sordides ; par conséquent, au lieu d'être utiles comme aliments, ils aggravent les effets de la résorption putride; je dirai plus, c'est que souvent ce sont eux qui produisent ou aggravent les accidents secondaires. Je crois même pouvoir affirmer que le jour où cela sera plus généralement admis, les désastres qui sont dûs à cette maladie seront notablement moindres. Aussi quand je rapproche ce qui doit résulter des observations de Bretonneau qui datent de 1816, avec ce qui se fait et est encore enseigné en 1873, je ne puis taire les réflexions suivantes :

Que diront nos successeurs de ces médications, et comprend-on que, dans une maladie, effet d'un agent intoxicant qui comme tous ses congénères porte son action sur tous les organes, mais qui impressionne surtout l'intestin, sur lequel il manifeste d'autant plus vivement son effet que cet appareil organique est plus mal disposé et plus impressionnable, par conséquent plus irritable, ce soit dans ces cas que le médecin, au lieu de prescrire la diète et l'abstention des ingesta excitants, commence par administrer, soidisant pour atténuer le mal, des agents qui, même dans l'état sain, déterminent sur ce même appareil soit une irritation, soit des aphthes et qui pour le moins en troublent tellement les fonctions, que dans bien des cas ils sont suivis de troubles similaires ? Aussi, si l'on était plus circonspect dans l'usage des médicaments que je réprouve, les cas de répétition de ces maladies seraient bien moins nombreux. Si mon observation n'est pas juste, comment donc expliquer qu'après une pratique de plus d'un demi-siècle, je sois encore à rencontrer un cas de récidive de cette maladie chez mes anciens clients, car j'affirme n'en avoir jamais trouvé un seul. Aussi ai-je utilisé cette observation pour mettre fin à certaines épidémies ou les prévenir.

Je me suis toujours demandé sous quel prétexte d'apparence plausible on agissait ainsi ; quelques-uns, je le sais, disent que c'est pour chasser le virus, comme s'il avait pénétré par ingestion et surtout n'avait pas déjà produit son impression, c'est-à-dire l'effet qu'il peut produire en partie, effet qui est comparable à celui du vésicatoire qui, malgré la précaution de l'enlever dès qu'il produit un peu de cuisson, va néanmoins avoir pour effet les ampoules sur la peau et une sécrétion morbide quelques heures après, quoi qu'on fasse pour les prévenir. D'autres disent : c'est pour évacuer la bile, ce produit si souvent mis en accusation, et qui pourtant est si nécessaire à la digestion, mais qui, s'il mérite seulement la vingtième partie des reproches qui lui sont faits journellement, devrait être laissé dans son réservoir, puisque plus on en provoque la sortie, plus on excite son sécréteur et alors plus on fait ce qu'il faut pour rendre ses propriétés plus anti-physiologiques. Donc par l'usage de ces excitants on le rend plus capable de nuire réellement, si tant est qu'il soit capable de devenir nuisible, car je ne puis croire que les sécrétions de la bile fassent exception à la règle qui fait que l'excès de provocation des larmes fâche les paupières et la joue sur laquelle ce liquide coule, qui fait aussi que celle de la sécrétion morbide du mucus nasal irrite les ouvertures des narines et la lèvre supérieure, que la salivation outrée rend les lèvres malades. Enfin, est-il seulement une surface ou un tissu sur lequel coule une sécrétion dépassant l'état normal qui supporte cette condition, je dirai sans se plaindre, ou si vous aimez mieux sans que ses fonctions soient modifiées ? Ainsi ces médications, même quand elles paraissent soulageantes un instant, n'ont que des résultats trompeurs, car peu après l'évacuation de ces produits vient l'effet topique qui est là et qui persiste. Bretonneau, qui d'abord avait cru trouver dans l'action des sels neutres un effet semblable à celui abortif des astringents appliqués aux maladies des surfaces muqueuses abordables en chirurgie, fut-il un des premiers désabusé. Aussi renonçat-il bien vite à ce genre de médication.

Ce n'est pas le seul reproche à faire aux moyens usités aujourd'hui, car que penser des ingesta qui sont donnés, dit-on, pour nourrir et soutenir le malade, mais qui, arrivés dans des organes incapables de les digérer et enfin de les assimiler, comme le démontre l'état des ganglions mésentériques, y séjournent et finissent par obéir aux lois de la chimie brute, s'y décomposent, enfin y dégénèrent en produits dont l'action est égale d'abord aux irritants les plus énergiques de l'intestin. Car pour quiconque voudra l'expérimenter, il sera bientôt démontré que ces substances ainsi altérées, quand elles sont mises sur la peau, y produisent des éruptions égales à celles de l'huile de croton, et que par leur passage dans le gros intestin elles agissent comme des drastiques ; il suffit d'ailleurs pour s'en convaincre de constater l'effet qu'ils produisent sur le rectum, car alors elles rendent, je ne dirai pas nécessaires, mais soulageants pour un instant, je l'ai dit, les moyens, cause parfois de l'aggravation du mal ; aussi, plus on donne de substances dites alimentaires, plus les purgatifs paraissent soulageants pendant quelque temps, car ils agissent là comme le grattage avec lequel paraissent se soulager momentanément les galeux ou les malheureux atteints d'un prurigo. Si seulement cet effet topique des ingestions était le seul ; mais malheureusement non, elles en ont un autre plus redoutable, c'est celui je dirai intoxicant, car, mis en contact avec les ulcérations laissées par les plaques malades, leur effet est bien plus redoutable encore. Comme ces foyers suppurants sont dans les conditions les plus fâcheusement disposées pour l'absorption, ils ne peuvent être baignés par ces produits altérés sans qu'il s'y passe ce qui se fait sur une plaie trop tardivement pansée ; alors il surgit de cela des effets semblables à ceux de la résorption purulente, par conséquent putrides secondaires, qui sont d'autant plus compromettants que le séjour de ces matières dites alimentaires est plus prolongé ; ce qui doit être, puisque l'intestin souffrant dans son parenchyme est tout à fait inhabile à se contracter, comme l'atteste la sonorité de la région iléo cæcale, il est donc par cela incapable de se débarrasser de son contenu, condition il est vrai que les purgatifs paraissent atténuer, mais ne font point cesser, il s'en faut, puisqu'ils font tout pour rendre la fâcheuse inertie intestinale, au moins l'irritation qui en est la cause, plus grande et plus durable.

Ce que je viens de vous dire devrait être plus qu'inutile pour ceux qui ont lu le récit des expériences que vous avez faites, expériences qui sont une preuve incontestable de l'effet toxique des matières putrides séjournant dans le tube digestif, car vous avez fait vos recherches sur des chiens dont l'intestin n'était pas ulcéré, et sur des animaux habitués à manger des viandes pourries, et chose plus grave encore et bonne à méditer, c'est que dans le nom-

2

bre des chiens à qui vous avez fait avaler ces matières putrides, il n'y a que ceux à qui vous faisiez avaler simultanément du tannin qui n'aient pas été empoisonnés, tandis que ceux chez qui cette ingestion paralysante a été tardive l'ont été. Que de réflexions ces faits auraient dû faire faire à vos lecteurs, si la mode n'était pas là avec sa fâcheuse influence !

Sur le Rhumatisme articulaire.

COMBIEN L'OBSERVATION DE BRETONNEAU MÉRITE D'ÊTRE VULGARISÉE.

Les observations de Bretonneau à propos du rhumatisme articulaire et par conséquent de ses suites n'ont guère moins d'importance que celles qui précèdent. D'abord le médecin chercheur ne se contentera plus de l'allégation banale du froid, ou de ce je ne sais quoi qualifié de constitution rhumatismale. Une fois admis que le rhumatisme articulaire ne survient pas d'emblée, qu'il est toujours précédé d'une souffrance qui intoxique l'économie, telle que la dyssenterie, la scarlatine et autres maladies éruptives, la gonorrhée, le cathétérisme pratiqué sans avoir pris la précaution d'emplir la sonde d'un liquide, et étant admis aussi que c'est après le retour d'une condition pareille que les attaques apparaissent de nouveau, le médecin pourra non-seulement faire éviter à ses malades bien des rechutes, mais encore en prévenir les premières attaques et leurs suites si fâcheuses parfois. Tous les ans, à la fin de l'hiver, il arrive un instant où les affections aiguës de poitrine sont plus nombreuses ; alors les premiers malades frappés, je dirai de l'épidémie de saison, qui s'offrent au médecin, sont ceux qui ont été atteints les années précédentes une ou plusieurs fois ; de plus, cette disposition est d'autant plus grande que les anciennes attaques ont laissé plus de traces. Il en est de même pour les fièvres intermittentes, et, chose qui est importante à noter d'après cette remarque, c'est qu'on ne devra plus voir dans le retour de souffrances articulaires un je ne sais quoi, qui revient, se promène dans notre économie, mais la conséquence d'un état morbide, suite, je le répète, d'une intoxication qui agit avec d'autant plus d'activité qu'elle a laissé plus de traces et qui se manifeste sur les parties ou les organes les plus impressionnés antérieurement et les plus excitables.

Aux objections qui pourraient être faites sur ce sujet, je dirai :

Ne voit-on pas à chaque instant des malades venir consulter, les uns pour des angines auxquelles ils sont sujets, parce que leurs amygdales sont restées gonflées, d'autres pour des rhumes et même des bronchites, parce que leur muqueuse nasale est toujours restée impressionnable ? enfin le point de départ des érysipèles à répétition, n'est-il pas toujours une partie malade ou sécrétante et mal guérie ? car il suffit qu'un organe ait souffert et soit resté sinon pas guéri, mais plus impressionnable ou plus sensible, pour que la plus légère impression redonde, si je puis dire, sur lui et le fasse redevenir malade. Cela se fait en raison d'une loi qui n'est pas plus exceptionnelle pour les surfaces articulaires que pour les autres organes.

Ce qui n'est pas à dédaigner dans les aperçus de Bretonneau, c'est que l'impression toxique, dans le rhumatisme, qui agit comme toutes celles de ce genre, porte simultanément sur l'économie entière et surtout sur toutes les grandes articulations; que si quelques-unes paraissent, je dirai silencieuses pour se plaindre ensuite, cela dépend seulement de ce que la plus douloureuse fait taire on peut dire les autres, et que cette espèce d'ambulance morbide n'est point l'effet d'un véritable déplacement, comme beaucoup semblent le croire, mais seulement un phénomène commun à toutes les maladies suite d'une intoxication. Les mêmes raisons sont applicables à ces affections viscérales qui succèdent à la manifestation articulaire, sans qu'il y ait pour cela rien de plus spécifique ; aussi je crois que l'on ferait bien de cesser de faire quelque chose d'insolite ou d'exceptionnel des céphalites, des pleurésies, des cardites, des péritonites qui interviennent dans le cours, ou après une manifestation toxique qui a frappé sur les articulations. Vraiment ce n'est pas la peine de faire des péritonites, des pleurésies, des céphalites rhumatismales, pas plus que des varioliques, des scarlatineuses, des dothinentériques, etc., etc., puisque ces maladies, suite d'une intoxication encore plus spécifique, sont au moins aussi souvent suivies de ces affections que l'arthrite aiguë dite rhumatismale, car alors il n'y aurait point de raison pour se refuser d'admettre des pneumomies, des céphalites, des péritonites varioliques, dothinentériques, etc. Ne faisons pas abus de la spécificité ; suivons l'exemple de son fondateur Bretonneau, car alors il n'y aurait pas de raison pour qu'un jour quelque néophite n'invente pas le rhumatisme scarlatineux, dyssentérique, dartreux, gonorrhique, furonculeux, et tant d'autres ! Admettons seulement ce fait, c'est qu'il faut souvent bien peu de chose pour intoxiquer l'économie entière, comme le prouve ce qui se passe après les morsures des reptiles, la cohabitation avec une femme atteinte d'un chancre, ou après la morsure du chien ; et, ce qui est bien plus probant, ce sont ces gonflements ganglionnaires qui apparaissent après de petites blessures aux mains ou aux pieds guéries en apparence depuis longtemps, mais qui pour le chercheur ont laissé une croûte peu perceptible qui fait coque sur un petit foyer purulent, cause souvent même d'un phlegmon diffus.

C'est à vous, M. Bouillaud, que l'on doit la remarque si importante de la coïncidence des maladies du cœur avec le rhumatisme, chose inexpliquée jusqu'à ce jour, mais qui l'est parfaitement par l'observation de mon compatriote et maître. Dans ce cas, c'est le contenant qui est rendu malade par le contenu ; l'action topique du sang n'a rien de plus incompréhensible que celle des topiques irritants de la peau, des ingesta de mauvaise qualité qui fâchent l'estomac. Le cœur et les gros vaisseaux peuvent-ils même être rendus souffrants autrement que par le sang qui les impressionne à chaque instant et qui est leur excitateur réel ? Enfin, ce qui rend à mes yeux l'observation de Bretonneau importante encore plus pour la pratique, c'est que dans ce cas le premier soin d'un médecin doit être de rechercher la cause souvent peu apparente du rhumatisme, car *non sublata causa non tollitur effectus*. Or plus la cause agit longtemps, plus par conséquent le sang a été souvent altéré, plus son action topique sur le cœur et les gros vaisseaux doit être fâcheuse et devenir irrémédiable, par conséquent plus l'économie entière subit cette fâcheuse influence.

Depuis 60 ans, j'ai vu faire bien des essais de traitement pour le rhumatisme ; ils ont été aussi divers que possible. En ai-je vu qui ne soient pas, je dirai devenus de mode et qui aient réalisé un peu les promesses de leurs inventeurs ! Si toutes ces inventions ont vécu si peu de temps, à quoi le doivent-elles, si ce n'est à l'empyrisme qui les dictait, puisque la véritable cause du mal et son mécanisme étaient inconnus ?

Conclusion : rechercher la cause, la faire cesser autant que possible, étudier l'état des organes que cette intoxication a trop impressionnés, et enfin faire ce que la saine pratique indique pour aider les parties souffrantes à reprendre leur état physiologique ; voilà ce qu'il serait utile de répéter, et cela devient facile le plus souvent quand on comprend la question du rhumatisme articulaire en tenant compte des recherches du médecin de l'hôpital de Tours.

Sur la chloro-anémie.

Vous avez parlé de ce qui est dû à Broussais, c'était un acte de justice. Je ne crois pas devoir poursuivre ce que je réclame pour les observations de Bretonneau, sans vous exprimer mon sentiment sur la doctrine du Val-de-Grâce, dont je n'ai jamais été un partisan fanatique comme il y en avait tant en 1818. Quand j'arrivai à Paris, après cinq ans d'études et de service à l'hôpital de Tours, par conséquent après avoir suivi la clinique de Bretonneau et avoir bien écouté les leçons qu'il nous faisait sur la spécificité, alors je crus devoir suivre assidûment pendant deux ans les cours du bouillant professeur de la rue des Grès et sa clinique, pour retourner ensuite à l'hôpital de Tours remplir de nouveau pendant un an les fonctions de premier interne. C'est à moi que s'adressait cette réplique si humoristique de Broussais, la surveille du jour où M. le sous-intendant de la Neuville ne permit l'entrée du Val-de-Grâce qu'aux élèves munis d'une carte, carte que Broussais, à ma grande surprise, me donna, quoiqu'il sût qu'il avait en moi pour auditeur un officier de santé venant de l'hôpital de Tours, et qui n'acceptait ses doctrines qu'avec un esprit, j'oserai dire un peu critique. J'étais donc alors à même de voir ce qu'il y avait dans ses leçons et sa pratique de contraire ou susceptible de se concilier avec celles du médecin de Tours. Ce qui me frappa tout d'abord, c'est que de tous les médecins qui subissaient les impressions du professeur du Val-de-Grâce, c'était le maître qui abusait le moins des pertes de sang, ainsi que des matières gommeuses. Je pourrais vous citer plusieurs faits à l'appui de cette assertion, et ce ne fut pas sans y réfléchir que je le vis quelquefois substituer du bouillon à la gomme et aux potages maigres ; car pour quiconque l'a vu à l'œuvre, c'était un grand observateur et un clinicien hors ligne (quel est le chef d'école qui n'est pas irréprochable parfois ?) Les assidus du Val-de-Grâce qui vivent encore ne peuvent avoir oublié le ton qu'il prit un jour pour réprouver une application de 24 sangsues faite la veille sur l'épigastre d'un entrant. Il le fit dans les termes suivants : « *Monsieur, vous auriez dû voir que cette gastro-entérite doit durer quelque temps ; qu'elle ne peut être enlevée. Ce qu'il fallait* ici, c'était ménager les pertes de sang qui *seront encore nécessaires.* » Eh bien ! pour l'élève de l'hôpital de Tours, ce militaire subissait une entéro-mésentérique de Petit et Serres, la dothiénentérie. Si j'avais osé, je lui aurais dit : « Monsieur Broussais, vous pourriez avoir pour adhérent un ami de vos plus rudes adversaires ; admettez pour cela que, dans ce cas comme dans la variole, les troubles sont l'effet d'une action spécifique, que son impression a eu lieu non-seulement avant que le médecin ait pu être appelé, mais même avant que le malade ait ressenti les premières atteintes et ait pu se plaindre ; par conséquent la nécessité de subir son effet comme cela a lieu après une application de vésicatoire ; qu'il reste seulement dans des cas pareils ce que vous reconnaissez ici le soin de modérer, les suites de l'impression, et de surveiller pour prévenir autant que possible les conséquences qui peuvent résulter de cette intoxication.

« Vous n'êtes en désaccord avec mon premier maître que sur un point, mais qui est grave en apparence plus qu'en réalité, et qui cessera le jour où vous admettrez que les membranes muqueuses sont, comme la peau, sujettes à des impressions qui, si elles sont suivies d'accidents congestifs, ont chacune une durée et une marche qui leur est particulière, que le médecin ne peut complétement les juguler, comme vous semblez le croire, par les émollients et les pertes de sang, soit générales, soit locales, que l'expectation secondée par la médication topique, quand cette dernière est applicable, sont plus utiles que vos auditeurs le croient. »

Bien avant qu'il fût arrivé à la fin de sa carrière, Bretonneau n'était point un adepte aussi fervent de l'empyrisme que Trousseau l'a dit. Il aimait même beaucoup à se rendre compte du *modus agendi* des médications qu'il conseillait et surtout de celles qu'on lui proposait.

Il n'était pas non plus un partisan quand même de la substitution ; il ne lui demandait que ce qui est, je dirai raisonnable d'en espérer ; il n'était pas du tout non plus partisan de ces ingestions de médicaments à haute dose, qui sont généralement faites sans que l'on puisse en expliquer le *modus agendi*, même par ceux qui en sont les prôneurs. Ce qui l'avait rendu circonspect, je pourrais même dire opposé à ces médications acrobatiques, c'est que, je vous l'ai dit, il possédait une longue liste de goutteux qui avaient, selon nous, trop cher payé un peu plus tard leur guérison apparente. Il avait été le premier à dire que ces médications qui impressionnent l'économie entière en agissant comme les poisons absorbés, laissent sur les principaux viscères une impression qui souvent est regrettable, à moins d'une grande discrétion dans leur administration ; elles sont loin d'avoir l'innocuité que leur prêtent ceux qui les prônent, et même d'être aussi efficaces qu'ils le disent ; car, s'il en était autrement, verrions-nous faire si souvent de nouveaux essais qui semblent n'être heureux que jusqu'au jour où un nouvel agent trouve un prôneur plus ou moins intéressé à son succès?

Ce n'est pas non plus de son école que sont sortis ces médecins si prodigues de vomitifs et de purgatifs envers et contre toutes les maladies dès qu'ils sont appelés chez un patient ; il critiquait assez vivement les Purgons qui donnent, par là, la preuve qu'ils sont loin de connaître même ce à quoi sert la bile, ce liquide maudit du public, et qui pourtant n'est jamais nuisible, tant s'en faut, lequel est au contraire si indispensable à la bonne digestion qu'il régularise, dont le simple arrêt dans son cours ne peut avoir lieu sans de graves inconvénients, et dont la production ne peut cesser quelque temps sans être aussi fatalement mortelle que celle de la sécrétion pancréatique ; car quand le foie ne la sécrète plus et qu'elle est remplacée par un liquide semblable à celui de certains kistes, la mort est inévitable et prochaine, ce qui se reconnaît aux troubles digestifs et surtout à la teinte d'un gris brun que prend la peau au lieu de celle ictérique que produit la simple rétention biliaire.

Si l'ami de Duméril, de Laennec, de Chomel, qui avait fait avaler à des chiens de la pierre à cautère sans que cela ait empêché ces animaux non-seulement de manger, de digérer et même de rester assez valides pour être encore passionnés pour les chiennes qu'ils saillissaient, fut un adversaire de la diète et des gommeux, et un partisan de l'alimentation, cela avait ses limites, car il avait assez expérimenté pour savoir ce que les ingesta mal digérés peuvent devenir et produire dans l'estomac. C'est par lui que j'ai appris que quand ils s'y acidifient ils acquièrent une âcreté telle que, recueillis et mis dans le jabot d'un poulet, ils percent cette poche en moins d'une heure ; aussi me fut-il facile de lui démontrer que les substances animalisées peuvent dans certains cas assez nombreux acquérir dans l'intestin des conditions les plus septiques, et par conséquent causer de graves complications dans bien des circonstances, comme je crois l'avoir démontré ailleurs. Pour ceux qui ont vu mon compatriote à l'œuvre, il leur a été facile de voir que, dans les cas où il croyait devoir alimenter quand même, il avait soin de faire un mélange de végétaux et de substances animalisées, qu'il ne gorgeait pas ses malades de viande et de toniques à outrance. Il y avait donc dans la pratique de ces deux observateurs des moyens de conciliation plus faciles, je le répète, que cela ne semble à ceux qui ne les ont pas vus à l'œuvre et suivis de près. Oui, oui, il eût été possible, comme je le crois, de faire que Bretonneau fût moins opposé à Broussais ; il était un des premiers à dire : On aura beau discuter et chercher à innover, le médecin qui voudra être un praticien heureux, enfin un guérisseur, devra toujours, quand il sera appelé près d'un malade, rechercher soigneusement la cause ou l'agent de la souffrance, étudier également celle de l'économie entière, et il ne devra cesser ses recherches que lorsqu'il aura trouvé quel est l'organe qui est le point de départ de la perturbation et enfin celui qui est le plus impressionné; puis il devra faire ce qui est nécessaire pour mettre fin à l'action de la cause du trouble si elle existe encore, et joindre à cela les moyens de mettre en repos l'organe souffrant autant que le permettent les lois de la vie; enfin, faire tout pour calmer et surveiller les fonctions des autres organes, sans oublier qu'une fois l'impression faite, cela oblige à des mesures d'expectation que

l'on ne peut souvent enfreindre inutilement et même sans inconvénients graves. Autant de conditions sans lesquelles un médecin ne peut espérer avoir une pratique heureuse : car sans ce
soin quel est l'organe souffrant qui peut guérir ? et je crois ne pas
devoir taire la réflexion suivante : en est-il un qui aujourd'hui pa-
raisse plus oublié par les prôneurs de ces médications turbulentes
aussi bien que par ceux qui voient partout la chloro-anémie dont
je crois devoir vous parler ?

J'ai longtemps cru, monsieur le professeur que cette belle mis-
sion était la vôtre ; ce n'est pas sans regret que je crains de m'être
trompé. Veuillez, je vous en conjure, ne pas prendre en mauvaise
part les observations que je vais vous soumettre ; si je suis assez
heureux pour provoquer une réponse, je le serai bien davantage
si vous prouvez que je vous ai mal compris, et surtout si la science
et nos jeunes successeurs peuvent gagner quelque peu à cette po-
lémique qui, à mon grand âge, ne peut avoir pour mobile que le
perfectionnement de la pratique médicale.

Vous êtes un des médecins français les plus haut placés, puisque vous êtes non-seulement professeur de clinique de la Faculté de
Paris, mais de plus vous êtes membre de l'Académie de Médecine
et de celle des sciences : vous faites donc autorité autant qu'il est
possible Vous vous êtes posé en commençant à professer comme
pratiquant et enseignant la médecine *exacte*; il n'est pas un de
vos collègues passés et présents qui ait plus chaudement approuvé
les évacuations sanguines que vous, aussi bien celles générales que
celles locales ; personne n'a plus écrit pour vulgariser cette méthode de traitement. Broussais et, bien avant, Bosquillon, ont été,
je crois, distancés par vous. Eh bien ! s'il est une chose qui mérite
d'être expliquée, c'est ce que vous venez de faire. Ainsi vous avez
à deux reprises occupé l'Institut de la chloro-anémie ou du sang
appauvri, et, selon leur habitude, tous les journaux de médecine se
sont empressés de vous louer ; par conséquent ils ont tout fait pour
vulgariser de plus en plus, si je puis dire, la doctrine qui peut se
traduire par le conseil de gorger les malades de viande et de toniques, laquelle est depuis quelques années enseignée et mise en
pratique avec autant d'exagération que celle des pertes de sang,
de la diète et des gommeux, le fut il y a 60 ans. Si je crois la doctrine du sang pauvre aussi malheureuse que son aînée, c'est en ce

sens que ses prôneurs semblent n'attacher d'importance qu'à l'effet, sans se préoccuper des causes, et par conséquent sans même les rechercher; je dis les, car il n'y en a pas qu'une, tant s'en faut. Or s'il est un point essentiel, celui qu'il importe surtout de traiter, ce me semble, et dont vous n'avez pas dit un mot, c'est, je le répèterai, la cause de cet appauvrissement, car est-il possible que cet état morbide puisse avoir lieu sans qu'il y ait eu d'abord une souffrance, ou tout au moins une perturbation dans une ou plusieurs fonctions organiques? Et ce qui est aussi important à dire, c'est que cet appauvrissement ne peut cesser d'exister tant que la cause qui l'a occasionné persistera? Poser ces questions, c'est presque les résoudre, je pense; mais, comme je n'ignore pas qu'il a été dit que j'étais un original avec lequel on ne discutait pas, je crois devoir, pour appuyer les observations qui précèdent, entrer dans quelques explications qui exigeront des redites pour lesquelles je demande un peu d'indulgence.

Les filles adolescentes sont sujettes à deux maladies, l'une qualifiée de péritonite des jeunes filles, l'autre appelée chlorose. Cette dernière, à laquelle sont beaucoup plus disposées celles qui dans leur enfance ont été atteintes de l'eczéma du cuir chevelu, maladie qui est si souvent suivie de convulsions et d'anasarque. Après l'eczéma viennent aussi comme causes prédisposantes de la chlorose les suppurations vastes ou prolongées ainsi que l'anasarque que les fièvres intermittentes provoquent, ou celle qui suit les maladies éruptives, principalement la scarlatine, quand après l'éruption le régime est mal dirigé.

Eh bien! la chlorose qui à son tour dispose excessivement à l'anasarque des femmes enceintes, qui est appelée par le peuple les pâles couleurs, qui cependant ne fait pas, quoi qu'on dise, que le sang soit beaucoup plus pauvre en globules rouges que celui des filles atteintes de la péritonite, quoique celles-ci ne soient pas à beaucoup près aussi décolorées que les chlorotiques, mais qui fait que dans ce cas les reins sont malades, et pour cela laissent dans le sang un principe non trouvé qui macule la peau d'une teinte qui diffère tout à fait de celles dues à l'anémie, à l'ictère, à la coloration, suite des fièvres intermittentes dites paludéennes, à celle due aux suppurations prolongées qui ne peuvent avoir lieu sans qu'il se fasse une certaine résorption; — cette maladie qui, de plus, en intoxiquant le sang donne à ce liquide des propriétés telles qu'il impressionne le cœur comme les gros vaisseaux et trouble leurs fonctions en apparence plus vivement, mais d'une façon moins durable que lorsqu'il est intoxiqué par les causes qui donnent lieu au rhumatisme articulaire; — la chlorose, dis-je, n'est point une maladie nouvelle, il s'en faut, pas plus que l'anémie. C'est donc la chloro-anémie qui est une nouveauté, et qui comme tout ce qui est neuf, est, je dirai à la mode, et par conséquent se voit partout. Je vous demanderai : Où nous mène-t-on, où peut-on nous mener avec cette nouvelle créature qui a eu l'honneur d'être protégée par vous comme par tant de nos confrères haut placés dans l'opinion publique et dans la science?

On savait depuis longtemps, je le crois, que l'anémie, suite des pertes du sang, une fois que la cause de l'hémorrhagie avait cessé, est assez vite réparée, s'il ne reste pas après elle une souffrance viscérale qui rende l'assimilation impossible ou tout au moins difficile, qu'il suffirait pour hâter cette réparation d'un régime convenable ; quand je dis convenable, je n'entends pas dire qu'il fallait qu'il fût dans des conditions trop exceptionnelles, mais que dans le cas contraire, il fallait s'occuper de la souffrance organique qui s'oppose à la réparation (1).

On savait aussi que la chlorose guérit par l'usage des préparations de fer, surtout celles unies à des substances aromatiques et appropriées, si je puis dire, à la susceptibilité des organes digestifs, et de plus par des amers, du quinquina et de la viande. Mais comme nos pères n'étaient pas encore bien avancés en chimie, ils

---

(1) Quel est le médecin, pour peu qu'il ait fait de la chirurgie même vulgaire ou des accouchements, qui n'a pas eu à traiter des cas d'anémie par suite de blessures ou d'hémorrhagies utérines, qui prouvent ce que je viens de dire ? Au moment de mettre ces réflexions sur le papier, je trouve sur mon passage une malheureuse bouchère, mère de 9 enfants en dix ans, qui par suite des brutalités du mari a subi des hémorrhagies utérines pendant plusieurs semaines avant de rendre un nouveau produit. L'avortement n'a réellement eu lieu que quand elle était mourante. Mon ami et condisciple Herpin, de Véretz, ainsi que moi, dans nos 50 ans de pratique, n'avons pas vu d'anémie plus effrayante ; eh bien ! en quelques semaines cette malheureuse, dont les enfants étaient alimentés par la charité des voisins et elle par celle du curé, a bientôt repris son volume, puis son coloris et ses forces. Cela s'est fait en quelques semaines, de façon à étonner ses deux médecins comme le public.

n'avaient pas cherché, j'en conviens, quelles étaient les proportions de fer et de globules qui sont nécessaires à la bonne qualité du sang normal. S'ils la traitaient un peu empyriquement, ils la guérissaient cependant.

La chloro-anémie est-elle bien une création heureuse ? Ce mot, comme ceux de fièvre nerveuse, catarrhale, bilieuse, rhumatismale, ne voilà-t-il pas une ignorance ? Car, si je ne me trompe pas, tant que le mot de chloro-anémie n'aura pas la seule signification qu'il devrait avoir, c'est-à-dire s'il ne signifie pas seulement un état d'intoxication ou d'altération du sang, conséquence du trouble fonctionnel d'un ou de plusieurs organes ou d'une absorption qui le détériore, tant qu'il dira seulement pauvreté du sang, comme on semble trop généralement l'entendre, ce mot ne sera qu'une création bonne à maudire par les fautes ou les erreurs qu'il fait, je crois, si généralement commettre : car les gens qui, par leur décoloration et leur faiblesse, sont par cet état les plus comparables aux chlorotiques, sont presque tous des victimes de souffrances viscérales, qui avant tout doivent attirer l'attention du médecin. Eh bien ! que faut-il donc penser d'un mot ou plutôt d'un prétendu perfectionnement qui jusqu'à présent n'a signifié que ceci, c'est que dès qu'un malade, et ils sont nombreux, est faible, on se dit : quelle que soit la cause de sa faiblesse, il faut le gorger de viande et de tout ce qui est dit réparateur et même excitant, sans tenir compte des perturbations organiques qui en sont la cause peu perceptible, il est vrai, pour celui qui ne cherche pas dans le passé de ses malades ce qui a pu occasionner et surtout entretenir l'appauvrissement du sang, souffrances souvent augmentées par la profusion alimentaire, si même elles ne lui sont pas dues.

Le fer ingéré remplit-il bien le rôle qu'on lui attribue ? agit-il comme on le croit généralement ? Je lisais il y a quelque temps un rapport de M. Dumas, sur le rôle que joue le fer dans la fermentation, qui me ferait volontiers en douter, surtout après les succès que j'ai obtenus des alcalins dans les chloroses rebelles aux préparations martiales, cas assez commun, si j'en juge par mes consultations, et qui pour les zélés de la chloro-anémie sont des types, car souvent chez ces filles le teint n'est pas toujours celui des chlorotiques typiques.

Les études qui ont été faites sur la composition du sang, études que je suis le premier à trouver très-louables, ont-elles eu jusqu'à ce jour pour la pratique médicale tous les résultats qu'on semble vouloir y trouver? Ne les exagère-t-on pas trop? Je le crains. D'abord le chimiste et le chercheur, même aidé du microscope, peuvent-ils juger infailliblement des qualités de ce liquide, quand ce qui le rend morbide dépend si fréquemment de la présence de principes qui ont jusqu'à présent échappé à nos moyens d'investigation, au moins pour la plupart?

Un fait qui est notoire pour les vieux praticiens qui saignent encore dans la pneumonie, c'est que souvent la saignée faite au début de la maladie, quelles que soient les précautions prises, ne donne souvent pas un sang couenneux, tandis que celui qui est tiré plus tard et même quand les accidents ont, je dirai molli notablement quoiqu'il ait été fait plusieurs saignées, quoique le sang contienne beaucoup plus de sérum, et que le caillot soit par conséquent moins fort ou moins solide; eh bien, malgré cela, il y a encore sur ce caillot une couenne qui diffère peu sous beaucoup de rapports de celle trouvée sur le caillot des saignées qui avaient été faites au fort de la maladie. C'est même la persistance de cette couenne qui était la cause que mes confrères persistaient à vouloir saigner quand cela me paraissait je dirai presque inutile; c'est même l'apparition d'abord tardive puis persistante à *posteriori* de la couenne sur le caillot sanguin qui m'a fait venir la pensée qu'elle doit très-probablement sa présence à un état maladif de la surface interne de l'appareil circulatoire, c'est-à-dire du contenant qui la sécrète, ce qui confirme les idées de Bretonneau sur la cause de la fièvre, car elle est due à un effet secondaire, soit dit en passant.

Enfin le sang peut-il donner un caillot aussi fort quand il est tiré de la veine d'un lymphatique bien portant que celui tiré chez des hommes dits sanguins mais un peu épuisés par le travail? Ne voit-on pas bon nombre de gens, quoi qu'ils soient loin d'avoir de l'embonpoint, si même ils ne sont pas maigres, qui cependant n'ont pas le sang pauvre, tandis qu'il y en a tant d'autres qui tendent à l'obésité qui ont le sang bien moins riche? or, chez ces derniers, ce n'est pas pour avoir jeûné ou vécu en trappistes, tant s'en faut, car souvent c'est pour avoir trop obéi à leur amour pour la bonne chère.

Il n'est peut-être pas inutile pour la cause que je désire défendre d'invoquer les faits suivants que nos confrères haut placés ne sont presque jamais à même d'observer et de connaître; ainsi, dans ma condition de médecin de petite localité, j'ai pu constater que les nombreux enfants de nos paysans, qui ne mangent presque jamais de viande, si ce n'est un peu de cochon salé, qui s'abreuvent avec de l'eau ou de la piquette, mais qui ingèrent de bon appétit du pain bis, des pommes de terre tout au plus assaisonnées d'un peu de beurre, ou de fromage, sont en général, malgré ce régime, dotés d'une bonne mine et d'un teint qui ne peut être comparé, sans y faire réfléchir, avec celui des enfants de notre bourgeoisie les mieux soignés pour le régime alimentaire. De plus, j'ai constaté trop de fois pour n'en être pas frappé, que parmi les filles de nos campagnes, ce sont les ouvrières lingères et couturières, celles pour qui il est fait, je dirai une meilleure cuisine, qui sont les moins bien colorées, plus sujettes aux mauvaises digestions et plus souvent mal réglées et disposées à la chlorose que celles qui, vouées aux travaux de la campagne, vont à l'herbe ou gardent les bestiaux ; celles surtout pour lesquelles les paysans chez qui elles servent ne font pas, comme pour leurs lingères et couturières, une cuisine exceptionnelle, tant s'en faut ; ce sont donc les mieux nourries qui peuvent être dites parfois chloro-anémiques, mais c'est parce que, en général, elles digèrent moins bien, vont mal à la selle, ont souvent des règles irrégulières, petites souffrances qui ne s'accommodent pas toujours des préparations de fer, comme je vous l'ai dit.

Les filles de fermes savent toutes, non-seulement que l'on ne peut pas engraisser un mouton deux fois, mais encore que parvenu à l'état où il est bon de le livrer à la boucherie, il faut que le fermier s'en défasse, sinon il dépérit ; elles savent également que le cochon gras ne peut aussi dépasser un certain état sans inconvénient, qu'il en est de même du chapon, des poulardes et même des jeunes poulets soumis à l'engraissement ; elles sont plus fortes, comme vous voyez, sur ce point que ceux qui ne croient pas faire trop ingurgiter de la viande crue ou peu cuite, ou de bons consommés à des malades qui, précisément, ne sont souvent devenus tels que parce qu'ils ont fâché les organes chargés de réparer les pertes que fait notre économie.

Enfin, il est un autre ordre de faits que je crois nécessaire d'invoquer, c'est que pour l'observateur attentif rien ne retarde plus le retour à la santé, ne provoque plus la bouffissure et même l'anasarque chez les convalescents des fièvres d'accès paludéennes, que les digestions un peu pénibles, que toute alimentation exubérante par la viande, ainsi que les préparations de quinquina quand elles sont difficilement tolérées font de même parfois, et cependant c'est avec ces deux moyens qu'on guérit les fiévreux. Si j'en crois ce que j'ai vu, et bien vu, la cause la plus puissante de l'anasarque après les fièvres éruptives gît dans les erreurs du régime et surtout dans l'abus des substances, animalisées, et non pas du froid comme trop de monde le croit. Il en est de même pour l'anasarque des femmes enceintes, je vous l'affirme.

C'est aussi après avoir obéi à un appétit vorace pendant quelques jours, que les enfants atteints de l'eczéma du cuir chevelu, avec ganglions le long du col, voient cette affection rétrograder assez vite pour faire place, quelques jours après cette disparution de la suppuration du cuir chevelu, à la bouffissure et même à l'anasarque, puis aux convulsions qui viennent les tuer ou les laisser épileptiques.

Chez ces victimes de l'alimentation exubérante, qui presque toutes ont les reins souffrants, et par cela exportent mal les matériaux, qui non-seulement sont devenus inutiles, mais qui de plus intoxiquent l'économie, le sang est-il riche ou pauvre? Est-ce le défaut ou la mauvaise nature des matériaux nutritifs qui sont la cause de ces accidents? Alors quel est le premier moyen à opposer? Doit-il en être comme l'entendent les partisans, que je ne qualifie pas, de l'alimentation à outrance, quelque épuisées que soient parfois quelques-unes de ces victimes d'un régime trop peu en harmonie avec l'état des voies digestives et des reins? Ce n'est certes pas par la viande et le régime si adoré des partisans de la chloro-anémie, mais par une alimentation qui laisse en repos autant que possible les voies digestives et les reins, cet émonctoire de notre économie ; ce que l'on ne fait pas, tant il s'en faut, par l'abus des substances animalisées, souvent de tant de souffrances mal interprétées (je ne le dirai jamais trop, je crois). Ainsi donc, moins de grands mots, recherche plus attentive des souffrances de chaque organe, voilà la voie qui nous a été tracée par les travaux de Bretonneau et de Broussais.

De ce qui précède il ne faudrait pas en conclure que le sang, qui transporte si souvent des agents intoxicants insaisissables aussi bien à la chimie qu'au microscope, ne manque pas souvent, au moins parfois, d'une portion des principes qui sont nécessaires pour qu'il soit dans de bonnes conditions physiologiques, mais seulement que ce défaut ne peut être autre chose que l'effet d'un trouble fonctionnel, je ne crois pas trop le répéter, lequel est la conséquence au moins de la souffrance de l'un des organes qui concourt à son entretien ou à sa consommation, puisqu'il doit se renouveler ou plutôt réparer ses pertes à chaque instant. Il ne peut donc devenir moins riche autrement que par la perversion d'action d'un ou de plusieurs organes qui ne reçoivent pas ou assimilent mal les matériaux qui leur sont destinés et nécessaires.

Dans ces conditions, que peuvent donc alors les ingesta, même les plus réparateurs ? Ne deviennent-ils pas alors une surcharge et par conséquent une nouvelle cause de trouble ou de souffrances ? car n'étant pas ou étant mal assimilés, ils ne peuvent pas ne pas finir par s'altérer ou se décomposer ; car quelle est la substance animalisée qui résiste aux lois de la chimie brute, par conséquent extra-physiologique ? D'après cela, qui donc pourrait mettre en doute qu'un organe chargé d'une sécrétion ou d'une absorption, enfin d'une fonction quelconque, n'exige pas, quand il souffre, pour reprendre ses conditions physiologiques, qu'il lui soit accordé du repos, car sans cette précaution, ce qu'il doit sécréter ou assimiler, en supposant même qu'il soit encore capable de remplir un peu ses fonctions, ne peut l'être à demi sans finir par perdre les qualités physiologiques, si même il n'en résulte pas quelque chose de plus fâcheux encore.

Un fait que l'on paraît oublier et qu'il est pourtant essentiel de ne pas perdre de vue : c'est que l'homme est omnivore et non un carnivore ; il a donc besoin de puiser son alimentation aussi bien dans le règne végétal que dans celui qui est de mode ; que lorsque le premier lui fait défaut, ce manquement le fait aussi bien et aussi fortement souffrir que lorsqu'il est privé de l'usage de la viande ; que son sang peut aussi bien être appauvri par l'un que par l'autre; il suffit pour en être convaincu de se rappeler quelles sont les causes les plus fréquentes du scorbut et de ce que nécessite sa guérison.

C'est en prenant pour guide ces lois de la physiologie la plus élémentaire que j'ai pu citer des observations de malades réputés affectés de chloro-anémie rebelle au fer, aux toniques, et surtout à la viande, qui ont guéri, je puis dire, d'une façon surprenante, pour la promptitude du résultat obtenu par l'usage d'aliments végétaux, secondés d'un peu de viande blanche, unis à des ingestions alcalines mesurées sur l'état des voies digestives, quand le fer sous toutes les formes avec la viande noire, le consommé, enfin les toniques, avaient pour le moins laissé le mal grandir, si même leur usage mal entendu ne l'avait pas augmenté. Un fait que vous ne pouvez pas avoir oublié et qui m'a valu la qualification que j'ai notée, est loin d'être le seul que je pourrais vous citer, car pour que, *proprio motu*, et sans aucun autre motif que celui de rendre un service d'ami, je sois intervenu dans ce cas grave comme je l'ai fait alors, sachant l'opposition ou les difficultés que je devais rencontrer, il fallait que j'en possédasse bien d'autres et fusse bien persuadé du service que je pouvais rendre à cette famille; il m'a fallu une grande conviction pour cela, sachant quelles étaient les critiques qui devaient m'assaillir en cas d'insuccès.

Si seulement la fâcheuse mode actuelle de voir partout le sang pauvre, et surtout le besoin de faire ingurgiter quand même des viandes et des toniques, n'avait pas d'autres inconvénients que d'obliger les malades à faire des dépenses inutiles, ce serait peu de chose; mais l'abus qui en est fait, comme autrefois des sangsues, de la gomme et de la diète, ne provoque-t-il pas des accidents variables de forme et de gravité aussi bien chez l'enfant que chez les adultes et les vieillards, lesquels n'auraient pas lieu sans cet étrange oubli des lois les plus vulgaires de la physiologie? Les quelques faits que j'ai cru devoir citer ne sont qu'un très-faible groupe de ceux que je pourrais raconter encore, et je suis toujours au regret d'avoir tant tardé à publier mes lettres à Trousseau, qui, connaissant les causeries intimes que j'avais eues avec Bretonneau, pendant dix ans, leur eut fait peut-être l'honneur d'en tenir compte dans ses leçons. Aussi je ne crois pas devoir terminer les réflexions que je viens de vous soumettre, sans dire aux critiques qu'elles pourront trouver ce qui suit.

Messieurs, nombrez les enfants mal portants dans les classes aisées, ceux qui ont éprouvé des convulsions et autres accidents cérébraux, par ce seul fait qu'ils ont eu des nourrices trop bien alimentées, ou parce qu'ils ont eu les voies digestives comblées inconsidérément par trop d'aliments; cherchez parmi les jeunes filles pâles, mal réglées, combien il y en a qui doivent cela à ce qu'elles digèrent mal et sont constipées parce qu'elles sont alimentées par trop de viande et pas assez de végétaux; ajoutez à cela les nombreux hypocondriaques, les vertigineux, les gens souffrants, de troubles respiratoires, d'albuminurie, pour la même cause, ce qui n'est rien encore à côté des nombreux malades qui succombent ou languissent longtemps par ce seul abus; le nombre en est certes assez grand pour faire tache dans le cadre des gens qui ont à se louer de la mode actuelle qui veut voir et redouter partout la chloro-anémie. Pour quiconque veut faire de la médecine physiologique et réellement exacte, il faut avant tout étudier les perturbations organiques, souvent peu faciles à constater, qui finissent par vicier la nutrition et engendrent tant de souffrances qui paraissent constitutionnelles. Mnémoniser est bon sans doute, mais chercher et observer est encore plus profitable au médecin et surtout aux malades.

Depuis que je suis en âge d'observer, ce n'est pas sans y réfléchir que j'ai vu nos dames substituer à leur coiffure dite à la *Titus* (qui faisait couper les cheveux), l'usage des bandeaux de cheveux qui ombrageaient la plus grande partie du front, les côtés du visage et même des oreilles, puis ajouter à cet état de la chevelure des chapeaux à bords tellement larges, qu'étendus ils avaient la largeur d'une ombrelle fort grande.

A cette mode, qui pour les critiques voilait un peu trop le visage, a succédé de nos jours le chignon qui laisse voir si bien le visage, les oreilles et le col, et qui est couronné plutôt que couvert d'un soi-disant chapeau, car c'est un groupe de fleurs ou autres ornements qui ne couvrent pour ainsi dire rien.

Il y a bientôt 60 ans que la généralité des médecins qui, depuis que Pinel trônait, avaient renoncé aux méthodes de traitement de Stoll et de Bosquillon, devinrent tellement préoccupés de l'état des voies digestives et partisans des pertes de sang, qu'il n'était pas rare de voir quelques grands maîtres non-seulement faire saigner, mais aussitôt après conseiller des centaines de sangsues. La vogue de ce *modus agendi* était telle, que ces petites suceuses de sang devinrent si rares et si chères que c'était à qui imaginerait un moyen de les remplacer.

S'il est encore aujourd'hui conseillé quelques sangsues, c'est par de vieux médecins, que l'on qualifie de vieux qui ne sont pas au niveau de la science; c'est absolument comme pour les bandeaux de cheveux qui se voient encore sur les fronts âgés.

Les conditions sanitaires ont-elles donc assez varié pour expliquer scientifiquement l'usage si exagéré de l'émétique et de tant d'autres moyens aussi énergiquement perturbateurs chez l'homme bien portant substitué à la diète, aux gommeux, aux pertes de sang? Est-ce que les médecins tiendraient à ressembler au beau sexe ?

En relisant cette boutade je vois que j'ai omis d'appeler votre attention sur l'une des causes, peut-être même la plus fréquente, de l'état qui mérite la qualification de chloro-anémie et certainement de bien d'autres conditions morbides, cause que généralement on ne paraît même pas soupçonner, ce qui ne me semble pas étonnant, car cela demande une observation si vulgaire qu'elle n'est pas du ressort des hommes adonnés aux recherches expérimentales de physiologie transcendante. Ainsi, pour tenir compte de la cause que je veux vous signaler et voudrais voir mettre à l'étude par la généralité des praticiens, il suffit seulement d'avoir observé avec quel soin le boulanger doit nettoyer son pétrin et le vigneron sa cuve; car si le premier négligeait ce soin, la fermentation nécessaire à sa pâte serait bientôt dépassée et son pain mauvais; de son côté, si le vigneron n'a pas bien nettoyé sa cuve et si surtout il ajoutait journellement de nouvelle vendange à celle qui est déjà en fermentation, son vin aurait un mauvais goût, il serait ce qu'on appelle forcé. Voilà deux faits qui sont aussi vulgaires que possible ; eh bien, malgré cela, ce dont les malades ainsi que les médecins ne tiennent pas assez compte, c'est du mauvais effet des repas succédant à ceux qui ont été faits antérieurement quand ces derniers ont lieu avant que l'estomac non-seulement soit débarrassé des matières ingérées, mais surtout des acides que la digestion antécédente a pu développer, comme cela se produit si souvent chez les personnes qui le matin prennent du café ou du thé au lait, ou font de petits repas peu d'instants avant leur principal déjeûner qu'ils croient pouvoir faire aussi copieux que possible pour attendre et accuser ensuite leur dîner d'être la cause des maladies qu'ils éprouvent, quand ce repas n'est reprochable que parce qu'il est arrivé dans l'estomac lorsque cet organe était dans les conditions du pétrin et de la cuve malpropres, c'est-à-dire pas débarrassé.

Qu'advient-il donc dans ces cas, va-t-on dire peut-être? La dernière ingestion quand elle est mêlée à de fâcheux ferments, au lieu de rester dans les conditions de fermentation normale, passe vite à l'acidité la plus énergique et agit alors sur la membrane muqueuse comme un agent irritant extra-physiologique que la bile, quel que soit son flux, ne peut annihiler. Alors ce produit, même dans les cas où il paraît encore bien toléré, ne peut pas, ne doit pas fournir aux absorbants un agent normal, par conséquent convenablement réparateur, si même il ne finit pas souvent par devenir un agent cause de perturbations plus sérieuses pour l'économie entière, surtout par la persistance de cette fâcheuse habitude.

Je ne puis ignorer que bien des malades répondent à ces accusations. Mais il y a longtemps que je vis de la manière que vous blâmez, sans en avoir jusqu'à ce jour ressenti quelque chose de fâcheux. Est-ce que les gens qui succombent à l'alcoolisme n'ont pas pu aussi abuser fort longtemps des spiritueux sans contracter l'ivresse ?

Je pourrais faire une bien longue liste de consultants qu'il m'a suffi, pour les guérir d'accidents très-variés, de les obliger seulement à mieux distancer leurs repas ou à cesser les ingestions soit vineuses, soit alimentaires, intermédiaires au déjeûner et au dîner, principalement celles matinales du café ou du thé au lait, et surtout celles faites peu d'heures avant le déjeûner qui, généralement est trop copieux pour disposer à la bonne digestion du dîner, qui occasionne si souvent un sentiment pénible à l'épigastre, que nos paysans qualifient de *fatigue* et les gens du monde de *besoin*, sentiment qui rend souvent les gastralgiques aussi malaisés à convertir que les ivrognes.

Sur les erreurs qu'il serait bon de ne plus vulgariser.

Vous avez pu voir que je suis un chercheur des causes qui troublent l'économie, que j'aime à me rendre compte du mode d'agir des médications, enfin que je suis un partisan de la médecine exacte ou plutôt raisonnée selon les lois de la physiologie. Je ne crois pas devoir cesser cet entretien que vous trouvez probablement trop long, si ce n'est pas plus, sans vous dire encore un mot de quelques erreurs par trop accréditées dans le public médical, parce qu'elles ont eu pour patrons des hommes haut placés dans la science, chose d'autant plus surprenante que s'il est une profession où l'observation et une juste appréciation des faits doivent être le premier mérite, c'est celle du médecin. Or, n'est-il pas, je dirai étonnant, que ce soit peut-être l'une de celles où l'on voit très-souvent des faits mal étudiés être par conséquent mal interprétés, et qu'il suffise que cette faute soit le fait d'un homme haut placé dans la hiérarchie médicale pour que l'erreur professée par lui le soit quand même par ceux qui lui succèdent et sont chargés de faire des élèves? Alors cette erreur passe sans conteste pour une vérité dont il est bien difficile de démontrer la fausseté. Je ne veux pour preuve de cette remarque qui peut vous paraître étrange, pour ne rien dire de plus, de la part d'un modeste praticien, que les faits suivants :

1° C'est Boyer qui le premier a attiré l'attention sur la fissure à l'anus, c'est aussi ce grand chirurgien qui attribue cette maladie à *la contraction spasmodique du sphincter*; s'il avait au contraire enseigné que le spasme de ce muscle n'est là qu'un effet, que c'est à la douleur que cause cette ulcération aphteuse qu'est dû cet état nerveux du muscle constricteur, par conséquent cette contraction, il eut enseigné une vérité. Mais voir le resserrement d'un muscle qui fait, je dirai cordon, déchirer, fendre et ulcérer la membrane muqueuse rectale qu'il resserre et comprime, autant attribuer la fracture d'un os au repos des muscles chargés de lui imprimer le mouvement, autant soutenir que l'on peut déchirer en long la manche de son vêtement en l'entourant et en serrant

fortement le bras par un lien fort large. Ce n'est pas le seul pa-
tron illustre que cette singulière étiologie devait avoir, car Récamier, autre praticien auquel je suis heureux de reconnaître un
mérite réel, est venu inventer pour le traitement de la fissure anale
le *massage en cadence*, qui a fait assez de prosélytes, et par conséquent de martyrs tant que le chloroforme n'a pas été employé.
Si le massage guérit comme l'incision, c'est parce qu'il déchire le
muscle ou le rend inhabile à se contracter pendant quelque temps.
Vous allez me dire : Peu importe l'interprétation du phénomène
morbide, puisque cela guérit! Oui, mais à quel prix et comment?
C'est tout simplement parce que le muscle, par sa section ou la déchirure, ne peut plus, pendant quelque temps, par la contraction
rendre la défécation tardive, et alors il ne se fait plus de bouchon
stercoral qui par son frottement vient tous les deux ou trois jours ra-
viver l'ulcération et la rendre douloureuse. Il y a, je crois, quarante
ans que j'ai publié dans la *Gazette des Hôpitaux* des faits in-
discutables, démontrant qu'avec une ou deux applications de nitrate d'argent ou avec du ratanhia on évitait ces moyens doulou-
reux. Cela n'a pas empêché que naguère encore, dans une des sociétés médicales de Paris, l'erreur de Boyer et de Récamier était
regardée comme une vérité indiscutable.

Voici un autre cas où les médecins prennent l'effet pour la
cause. Si je ne vois pas trouble, l'asthme n'est pas l'effet de l'emphysème pulmonaire ; cette altération est aussi une conséquence
et non la cause, rien de plus. J'en veux pour preuve ce qui se
passe dans les plaies pénétrantes de la poitrine avec lésion du pou-
mon, qui certainement ne donnent pas lieu à une respiration plus
anxieuse que dans l'asthme. Cette altération n'est donc qu'un effet. Il suffit pour s'en convaincre d'étudier le début des crises qui
ont presque toujours pour point de départ et pour prélude l'éter-
nuement et une exsudation de la membrane qui tapisse les narines.
Eh bien ! si l'on tient compte de cette loi physiologique, que les
maladies des voies respiratoires descendent et ne remontent pas,
si on étudie bien la respiration un peu avant la crise, on ne
trouve rien qui indique l'emphysème. Il est donc sage, je crois, de
voir là une affection d'abord de la membrane muqueuse nasale
plongeant comme dans les rhumes ordinaires qui précèdent la

bronchite, et dans cette affection quelque chose de semblable à l'une de celles qui sur la peau provoquent des démangeaisons si insupportables, enfin une espèce d'affection herpétique de la muqueuse naso-gutturale qui, quand elle arrive dans le larynx et la trachée, y détermine un spasme, provoque les troubles respiratoires qui alors causent la déchirure des vésicules pulmonaires ; cela expliquerait les succès des méthodes empiriques, des ingestions de soufre, et par conséquent l'effet topique calmant des cigarettes.

Par contre, si les maladies pulmonaires descendent et ne remontent pas, celles des voies digestives se font souvent ressentir sur le pharynx et l'isthme du gosier ; aussi, quand dans une souffrance respiratoire les digestions sont perverties, les troubles qui en résultent augmentent beaucoup les désordres de la respiration, ce qui fait que souvent dans ces cas les vomitifs sont soulageants. Mais combien de gens toussent et sont oppressés par le fait seul de l'abus des ingesta dits pectoraux quand ils sont mal assimilés, ce qui est plus fréquent qu'on ne croit. Ce fait si commun qui voue les catarrheux à l'empirisme, mérite bien d'attirer l'attention des professeurs de clinique, si j'en crois mon expérience. Il y a plus de 40 ans que, dans un mémoire adressé à l'Académie et qui eut pour rapporteur Bricheteau, j'ai plaidé cette cause. Je n'ai pas été assez heureux pour obtenir une approbation. Eh bien ! depuis ces longues années, les résultats que j'ai obtenus sont tels, que je crois devoir en appeler encore et vous prier d'engager nos successeurs à étudier les voies digestives chaque fois qu'il y a trouble respiratoire. Les absorbants unis à l'opium me donnent journellement de si merveilleux résultats, que je crois devoir dire qu'avec moins de mucilages, moins d'aliments de digestion peu facile, les malades atteints de bronchite, de coqueluche et enfin de trouble respiratoire, seront moins souffrants et plus promptement guéris, et les troubles respiratoires, dits nerveux, seront probablement moins fréquents.

Un autre errata plus grave, et qui, je crois, vous touche plus directement, c'est celui de voir à tout propos mettre en jeu les embolies comme cause d'accidents. Elles ne sont réellement que l'effet, si je puis dire, d'une maladie plus grave qu'il faut étudier pour prévenir leur formation et leur action. Car, comme corps obturants, elles ne méritent pas le quart des reproches qu'on leur a fait jusqu'à ce jour. Ou je vois trouble et n'entends absolument rien en physiologie, ou bien ce que l'on dit sur la gangrène sénile et les caillots sanguins, sur les ulcérations ainsi que sur les végétations intra-cardiales et l'oblitération des artères, a besoin d'être révisé, car dans toutes les communications sur ce sujet, on semble n'attacher d'importance qu'à l'effet obturant des caillots (ce n'est pas sans intention que je dis l'effet seulement obturant) et donner par conséquent beaucoup trop d'importance aux effets locaux et ne pas s'occuper de la cause. Je veux parler de l'état morbide du sang qui, s'il n'est pas la seule cause, n'en joue pas moins dans ces cas le principal rôle. Si une chose me semble devoir surprendre, c'est qu'après avoir vérifié le résultat des expériences que vous avez faites sur les chiens, « que vous avez empoisonnés par des ingestions de matières putréfiées, » vous n'ayez pas, je dirai levé ce lièvre, car je ne connais pas de faits qui soient plus capables de seconder ce qui résulte des expériences que me fit faire, il y a 48 ans, un cas de gangrène sénile chez un vieillard auquel je fis l'amputation du deuxième orteil. Le lambeau qui était à côté du troisième orteil était dur épais et encore un peu gangrené à son extrémité. Eh bien ! malgré ce voisinage si complet de la gangrène, il sortit un jet de sang fort gros, en arcade, qui allait tomber à plus d'un mètre. La ligature immédiate eut été impossible dans ce tissu malade. Je dus comprimer assez longtemps le lambeau pour maîtriser ce jet de sang.

Peu de temps avant de faire l'amputation des deux cuisses à une femme de 69 ans, affectée de gangrène sénile, dont les artères n'étaient ni ossifiées ni oblitérées, j'ai cru devoir faire des expériences qui méritent plus d'attention que celle qu'elles ont obtenue lorsque je les adressai à l'Académie. Que ceux qui voudront étudier réellement cette question les répètent donc, et je ne doute pas qu'ils seront bientôt convaincus que ce que l'on attribue à l'action *obturante* des caillots n'est pas exact, tant s'en faut, puisqu'une bougie introduite jusque dans le cœur d'un chien par l'artère axillaire y produit des caillots qui sont bien tolérés, puisqu'une bougie molle introduite par l'artère crurale sur un autre chien, jusque dans l'aorte pectorale et même près de la crosse, peut être repliée par le sang et repoussée dans l'artère crurale opposée, y être poussée avec assez de force pour quitter l'artère par où elle a été introduite et liée assez fortement, qui de plus, quand elle est arrivée tout entière dans la cuisse opposée, loin d'y déterminer une gangrène, y provoque un abcès énorme, mais pas de gangrène du membre.

Autre fait. Si une sonde introduite par l'artère crurale jusque dans l'aorte, au-dessus de la bifurcation, sert à faire une injection de quelques gouttes de dissolution de nitrate d'argent faible, cela produit à l'instant des hurlements qui ne cessent que quand la gangrène s'en est suivie. Comme on pourrait dire que le nitrate d'argent a produit des caillots qui ont fait un bouchon, si l'on substitue le nitrate de potasse qui est un agent diffluent au n° premier, l'on obtient le même résultat (expression de la plus grande douleur, puis enfin la gangrène).

Après avoir produit de pareils effets, que conclure de ce qui s'est dit sur les embolies? Si on veut voir les choses comme elles doivent être interprétées par de vrais physiologistes, c'est le sang vicié qui enflamme le cœur et les gros vaisseaux. Les productions qui forment ce qu'on appelle des embolies, sont l'effet de l'état morbide des points les plus affectés, et les caillots fibrineux qui en résultent quand ils se détachent agissent très-rarement comme obturants, mais plutôt comme le ferait sur une plaie un plumasseau imbibé de matières putrides, rien de plus.

Ce qu'il serait bon de faire pour diminuer les fâcheux effets de l'ivrognerie.

MONSIEUR LE PROFESSEUR,

Puisque vous faites, ainsi que plusieurs de nos confrères, partie de la Société de tempérance, je crois devoir vous soumettre quelques observations que j'ai été appelé à faire sur les effets résul·

tant de l'abus du vin et des alcooliques ; ce qui en découle me semble n'être pas assez vulgarisé et mérite l'attention des hommes sérieux.

J'étais, depuis mon début à Noisay, le médecin d'une famille très-respectable de Chançay dont l'un des principaux membres, qui était meunier, était toujours un peu ivre dès le matin. Je ne l'avais jamais rencontré sans qu'il fût déjà ce que l'on qualifie d'*allumé* dans l'argot des cabarets. Quand il tomba malade il fut atteint de fièvre avec désordres digestifs qui durèrent vingt et quelques jours ; ils simulaient la fièvre thyphoïde.

Quand il fut convalescent je fus, comme on le pense, pressé par sa famille de lui dire que son habitude de trop boire était la cause de sa maladie, et qu'il fallait qu'il s'en corrige s'il voulait ne pas retomber. Il me répliqua : « C'est ma belle-mère et ma femme qui vous ont prié de me dire cela. » Je repris : « Vous devez me savoir assez observateur pour avoir constaté votre défaut et assez instruit pour en connaître les conséquences. Je ne nie pas d'avoir été poussé à vous dire ce que je viens de vous signaler par ces dames, mais voici ma réponse. « Je vais vous permettre de boire ; vous allez me dire à quelle heure et quelle quantité de vin vous voulez boire, et moi je m'engage à vous dire à quelle heure et quelle sera la conséquence de votre ingestion. »

Ces conventions furent acceptées par le malade et l'essai fut répété trois fois en 15 jours, et je fus assez heureux pour avoir pronostiqué très-juste. Alors à la troisième fois mon malade, s'avouant convaincu, promit de renoncer au vin blanc le matin et à ne plus boire que de l'eau vineuse. Il tint parole, se rétablit parfaitement, resta un vieillard très-alerte jusqu'à 77 ans qu'il mourut d'une pneumonie contractée à la chasse, c'est-à-dire vingt et quelques années après notre convention.

Quelques années plus tard, je donnais des soins au membre d'une famille avec laquelle j'avais des relations très-intimes, quand le chef, qui était un de ces ivrognes qui se cachent ou que l'on dérobe au public, tomba malade. Une fois guéri ou plutôt convalescent, je crus devoir tenir le même langage qu'au premier ; le résultat fut le même : celui-là est mort à 84 ans après avoir été guéri vingt ans.

Ces deux faits m'ont donné, comme on peut le penser, l'envie d'essayer d'en guérir d'autres ; j'ai donc dû saisir les occasions qui se sont présentées p our continuer mes essais, qui n'ont pas été aussi heureux, car les deux buveurs dont je viens de raconter l'histoire abrégée ont vécu plus de vingt ans assez bien portants et corrigés ; quelques-uns s'y sont refusés après quelques jours d'essais, d'abstention ; mais j'en ai guéri plusieurs, pour six et huit mois seulement, qui ne se sont plus soumis ; d'autres qui ont guéri également pour plusieurs mois, pour retomber le lendemain d'une infraction, et qui ont repris le régime nécessaire à la guérison, pour guérir encore, puis retomber. Ces ivrognes à rechute m'ont fait faire une remarque qui précisément m'a inspiré cette note à propos de la loi sur l'ivrognerie, qui ne pourra guère atteindre le but désiré, pas plus que les lois qui ont précédé celle-ci, parce que les familles ont toujours trop d'intérêt à cacher les vices de leurs proches et que la police est toujours armée contre les gens qui sont cause du désordre dans le public : ces deux motifs la rendent peu utile.

Si j'ai bien observé, il est un fait, c'est que la plupart des gens qui abusent des alcooliques sont d'abord ceux qui antérieurement pouvaient en user, je dirai abondamment, sans effets fâcheux, et tous éprouvent un sentiment pénible à l'épigastre qui se calme en buvant comme chez les boulimiques. Combien d'ivrognes boivent de nouveau pour se soulager encore pour peu de temps, alors l'ébriété se fait d'autant plus vite sentir que la maladie est plus invétérée ; ce qu'il serait important de voir là, c'est plutôt une maladie qu'un vice, pour laquelle le médecin devrait être appelé à porter remède plus que la police ; car tous les ivrognes ou malades atteints de l'ébriété auxquels j'ai eu affaire, surtout ceux qui ont guéri momentanément, m'ont dit ceci : « Monsieur, *vous ne pouvez vous figurer le malaise que j'éprouve le lendemain du jour que j'ai bu démesurément et combien je suis soulagé par un premier verre* ; mais après le premier un deuxième me devient nécessaire, alors je ne suis plus maître de moi. » Aussi beaucoup d'hommes, qui ne se grisent pas mais qui boivent entre leur repas, par état, et qui vont être malades, sont comme les ivrognes tourmentés, en se levant le matin, d'un malaise qui ne se passe qu'après ce qu'ils appellent avoir « tué le ver, » c'est-à-dire avoir bu du vin blanc ou un peu d'alcool, deviennent plus tard des ivrognes ; car plus ce malaise est vif, plus l'ébriété est facile. Tous les renseignements que j'ai cru devoir puiser dans ces récits faits par des gens qui auraient voulu guérir de leur vice, c'est que ce malaise dure au moins 15 jours; qu'ils soient seulement ce qu'on appelle ivrognes ou simultanément des fumeurs, le sentiment de malaise qui les porte à retomber est le même. C'est en vain que j'ai essayé pour plusieurs de leur faire avaler, sans qu'ils puissent s'en apercevoir, de l'émétique ou autres agents capables de les rendre malades : rien ne m'a réussi, et je suis resté convaincu que le seul moyen curatif, c'est de les mettre au moins 15 à 20 jours dans l'impossibilité d'user des alcooliques, c'est-à-dire jusqu'à ce que ce sentiment de malaise qui ne cède que momentanément par les alcooliques soit dissipé et demande moins d'efforts du coupable ou du malade, car pour moi c'est une maladie; autant demander à un homme qui en est atteint de ne pas boire, qu'à un galeux ou à un prurigineux de ne pas se gratter.

La loi qui vient d'être votée ne pourrait-elle pas être modifiée avantageusement pour le malheureux coupable, pour sa famille et pour la société? Telle est la question que je me suis posée et que je crois devoir soumettre à mes confrères; car il s'agit ici, je crois, d'un intérêt grave, si, comme je le pense, nous avons affaire plutôt à des malades qu'à des coupables et à un malheur social qui va croissant.

Ainsi, puisqu'il y a des hôpitaux pour les vénériens, d'autres pour les aliénés, pourquoi dans chaque établissement d'aliénés n'y aurait-il pas une section affectée seulement aux ivrognes, dans laquelle un régime sévère, capable de les guérir, serait strictement imposé jusqu'à guérison complète, où les coupables de récidive seraient plus longtemps retenus ? Il est inutile de dire qu'il y aurait des aménagements divers, selon les fortunes, enfin comme dans les hôpitaux d'aliénés, mais où le régime nécessaire à la curation serait aussi rigoureusement observé que dans tout le reste de l'établissement.

Quelle est la famille qui non-seulement répugnerait à y faire admettre celui des siens adonnés à ce vice, mais encore qui ne serait pas heureuse d'y avoir recours, et combien de malheureux, incorrigibles, qui, se souvenant de la dureté du régime, se résigneraient à ne plus boire, craignant la nouvelle cure qu'il leur faudrait subir ? Alors, loin de trouver dans la société des gens tolérants pour les buveurs, tout le monde serait disposé à approuver ces claustrations temporaires et à seconder les moyens de faire l'application de ce mode de traitement.

Sur un moyen que les hygiénistes devraient populariser.

Sur les trente et quelques maladies qui, sous notre climat, sont transmissibles, douze au moins peuvent l'être par les literies et les vêtements ; c'est même par ces objets que la plupart des épidémies prennent la plus grande extension et acquièrent le plus de gravité. Si j'en crois mes observations, cette manière de propagation est peut-être plus puissante qu'on ne le suppose généralement. Ce sont les lits surtout qui ont cette fâcheuse disposition de conserver cette propriété aux agents virulents des années entières. Si cette assertion trouve des incrédules, je les prie avant de me critiquer d'en appeler à leurs souvenirs ou de se mettre à l'œuvre et tenir des notes.

Parmi tous les agents ou moyens prônés et récompensés par l'Académie comme propres à détruire cette fâcheuse propriété, pas un jusqu'à ce jour n'a répondu aux éloges qui en ont été faits ; et quand bien même ils seraient capables d'annuler l'action virulente, peut-on espérer les généraliser et surtout les faire employer tant que par leur emploi les objets souillés seront abîmés et rendus incapables de servir ? Il n'en est qu'un qui soit infaillible et puisse n'avoir aucun inconvénient pour la conservation des objets infectés quelque susceptibles qu'ils soient, c'est la vapeur sèche à une haute température, puisque parmi tous les agents capables de fermenter pas un ne résiste à la température de l'eau bouillante.

Préoccupé de cette nécessité depuis longtemps, j'étais à la recherche d'un moyen qui permette de faire cette application du calorique, quand j'ai lu qu'il venait d'être inventé un appareil pour chauffer le bois afin de pouvoir l'écorcer, moyen capable d'être transporté et facile à mettre en œuvre.

Ne serait-il pas avantageux sous bien des rapports de faire établir dans le centre de chaque canton un de ces appareils et de faire que chaque médecin s'engageât à forcer ceux de ses clients chez lesquels se trouveraient des objets ayant servi aux malades atteints de maladies transmissibles, de les soumettre à l'action de la chaleur sous la surveillance de la personne chargée du dépôt et du fonctionnement de cet appareil? Qu'on réfléchisse aux avantages de tous genre que cette obligation produirait ; je les crois si incalculables qu'il est inutile, je pense, d'énumérer les bienfaits qu'on peut en attendre. A vous, Monsieur le Professeur, de voir si je ne m'abuse pas, et de plaider cette cause près des corps savants dont vous faites partie et où vous jouissez d'une grande et légitime influence.

_____

Ce qu'il serait bon de faire dans l'intérêt de la santé publique et du corps médical.

Monsieur et très-honorable confrère,

A l'instant où l'on réclame de nouvelles lois, tant sur l'instruction que sur l'exercice de la médecine, où les associations qui se multiplient prouvent le besoin qu'ont presque toutes les classes de la société que les soins médicaux deviennent plus faciles et je dirai plus efficaces, je crois devoir vous soumettre, ainsi qu'à nos confrères et aux hommes qui s'occupent des améliorations à apporter au sort de l'humanité, les réflexions suivantes qui m'ont été inspirées par ce que mes 62 années d'étude et de pratique médicale m'ont fait constater. D'abord combien meurt-il d'enfants par défaut de soins médicaux opportuns, et combien en voit-on qui sont infirmes et qui ne le seraient pas si ces soins ne leur avaient pas manqué, ce qui par conséquent fait qu'ils sont dans l'avenir des non-valeurs et même des charges pour l'État ou pour la société ? car ce sont principalement les enfants des pauvres qui sont le plus souvent victimes de ce manque de soins; les statistiques de la mortalité des nouveaux-nés me dispensent de plus longues observations sur ce sujet.

Si ce mal grave est moindre pour les adultes, il n'en existe pas moins pour eux; car combien il y a-t il de gens qui meurent avant l'âge ou deviennent infirmes, parce que le médecin n'a pas été consulté ou l'a été trop tardivement, et cela pour cette raison qu'il faut payer le médecin : car d'abord, il est de fait que la maladie de l'artisan ne choisit pas pour le prendre qu'il ait pu faire des économies suffisantes pour parer aux conséquences qu'elle entraîne, frais et dépenses qui sont bien plus considérables qu'on ne le suppose généralement, comme je le ferai voir plus loin.

La bienfaisance atténue-t-elle beaucoup ce mal si grave ? Si je réponds non, comme c'est ma conviction, je vais peut-être soulever bien des réclamations; mais que mes critiques étudient ce qui se passe dans presque tous les établissements de bienfaisance avant de me contredire. Je n'attaque pas, tant s'en faut, soit les intentions, soit la conduite de ceux qui les dirigent: la charité ne peut pas ne pas être incomplète, ne serait-ce que parce que ceux qui craignent le moins d'y avoir recours et qui l'invoquent sont trop souvent des déclassés qui abusent de tout, et forcent pour cela à recourir à des formalités qui sont gênantes pour tous, mais c'est surtout parce que les personnes qui dirigent les établissements ne connaissent pas, à beaucoup près, les pauvres honteux et les demi-pauvres, classe si intéressante qui croit avoir tant de motifs pour dissimuler ou ne pas avouer sa gêne, et qui par cela même aurait si grand besoin d'être secourue, classe qui a tant de droits à ce qu'on pense à elle! Ainsi ce sont généralement les plus mauvais pauvres, ceux qui abusent, qui sont soulagés presque seuls, quand ce sont les plus dignes d'intérêt qui souffrent des défauts que je reproche à la médecine pratiquée comme elle l'est aujourd'hui.

Quand bien même la charité médicale, que je suis loin de mettre en suspicion, atténuerait encore plus qu'elle ne le fait les choses fâcheuses que je viens de signaler, le pharmacien fera-t-il et peut-il faire de même ? peut-on oser lui en faire la demande? D'ailleurs l'honnête ouvrier, avant d'implorer l'assistance et même le crédit, attend toujours jusqu'aux dernières limites, et par conséquent jusqu'à ce que la maladie ait fait ses ravages, ce qui malheureusement n'est souvent pas long.

On me dira peut-être que les associations qui se sont formées depuis quelque temps ont prévu et atténuent cet état fâcheux. Je n'en disconviens pas; mais généralement cela n'a lieu que dans les grands centres seulement. Ce qui se fait au rabais comme cela a lieu habituellement ne se fait pas d'une façon irréprochable. Je suis assez édifié sur ce point pour croire que ces nouveaux arrangements soient un perfectionnement bien grand, opposé à l'état fâcheux que je voudrais voir cesser. Tout vieux médecin peut en juger comme moi. D'ailleurs, quand cela serait, est-ce que ces associations comprennent les familles entières, surtout s'il y a 5 ou 6 enfants ? Admettent-elles dans leurs rangs les mal portants ? Elles ne le peuvent raisonnablement pas ; or, ce sont précisément ces membres de la famille qu'il faudrait secourir à tout prix ; ils en ont plus besoin et ils sont nombreux.

Autre raison : combien de gens dans la classe aisée, celle dite instruite et intelligente, ont recours aux charlatans qui font payer très-cher ce recours. S'il en était autrement, verrions nous journellement le nombre des trafiquants sur la santé publique et la crédulité augmenter, comme cela se voit par les nombreuses affiches qui couvrent nos murs ; et ces réclames qui occupent tant la quatrième page des journaux de toute espèce, qui prouvent que cet ordre de trafiquants sur la crédulité, que les pharmaciens même les plus honnêtes sont forcés non-seulement de subir, mais même de seconder, car avant tout ils tiennent à leur clientèle, sont un véritable ulcère social (1).

Les hôpitaux sont-ils aussi utiles qu'on paraît le croire? non que je croie qu'il faudrait les supprimer; ce que je veux dire c'est qu'ils sont loin de remplir toutes les conditions désirables. Ne sont-

---

(1) Trois de ces trafiquants abordèrent un jour Bretonneau pour tâcher de se l'associer. Aux observations qu'il leur fit l'un d'eux répliqua : *Que voulez-vous ; tant que je suis resté dans la voie honnête, j'étais pauvre; aujourd'hui le Pactole coule chez moi à pleins bords.* Il s'agissait d'un élixir purgatif, d'un collyre et d'un anti-goutteux.

ils pas plus souvent qu'on le croit un séjour de démoralisation ? Il faut pour s'en convaincre étudier un peu, sans parti pris, pour constater que ceux qui y ont recours le plus souvent ne sont pas la crême de la population, tant s'en faut ; qu'ils savent prendre toutes les formes et tous les rôles; que ce n'est pas sans danger pour la morale que des gens jusque-là fort honnêtes viennent habiter à côté d'eux, surtout quand la fortune leur a été contraire. Un autre fait plus grave à noter, c'est combien de malheureux qui sont forcés de s'y faire admettre pour des blessures ou des indispositions peu graves, viennent y contracter des maladies épidémiques ou y mourir, ou, s'ils en sortent vivants, c'est après avoir couru de sérieux dangers et y avoir été longtemps malades.

Un des inconvénients à reprocher aux hôpitaux, c'est l'habitude que les admis contractent d'y retourner et d'y séjourner pour la plus légère indisposition.

Il y en a un autre, c'est la fâcheuse influence sur l'esprit de la famille : une fois que les enfants y ont fait entrer un parent à leur charge, ils les y oublient. S'il n'en est pas de même de l'affection des pères et mères pour leurs enfants, en revanche ceux-ci deviennent malheureusement trop disposés à copier les déclassés nombreux avec lesquels ils se trouvent. Il faut, je le répèterai, avoir fréquenté ces établissements pour se convaincre de ces fâcheux effets. Croire que dans les villes où la bienfaisance fait tant d'efforts louables, là où elle coûte cher, tout soit pour le mieux, serait une erreur. La médecine du pauvre, même celle soldée, peut-elle être ce qu'il faudrait qu'elle fût dans l'intérêt de tous? Là cependant les médecins surabondent. Je réponds non, car demander à un médecin d'être aussi empressé pour celui qui le paye peu ou mal que pour le riche qui le payera bien, qui de plus le prônera dans son entourage et l'aidera à se faire une clientèle bien payante, c'est demander une chose impossible. Quand bien même on admettrait que les médecins sont tous, sans aucune exception, le type de la charité et du dévouement le plus honorable, ne leur faut-il pas payer leurs frais de maison et penser à l'avenir de leur famille ?

Si la médecine des villes, pour la classe ouvrière, est loin d'être ce qu'il faudrait qu'elle fût, celle des campagnes laisse bien plus

4

à désirer encore ; car là les médecins n'y surabondent pas; ils sont loin d'être en nombre suffisant quand ils sont si surabondants en ville. Je connais une commune de 12 à 13,000 âmes où il y a 600 pauvres; trois médecins ont été successivement s'y établir.

Le grand propriétaire du lieu et sa famille, gens très-honorables, ont pour médecin un docteur qui habite à deux lieues. Les gens riches du pays imitent leur seigneur, et ce qui reste de clients capables de donner aux jeunes confrères qui ont essayé de s'y créer une position convenable est trop restreint pour que ce point central ait un médecin. N'est-ce pas dans ces lieux éloignés des grands centres qu'il serait désirable qu'il y en eût un? Il faudrait même qu'ils y fussent plus nombreux, puisque les distances à parcourir sont plus grandes ; là enfin, où la vie est plus pénible sous tous les rapports et sans dédommagements suffisants ; pour toutes ces localités peuplées de travailleurs qui fournissent le plus grand nombre de défenseurs à la patrie, qui par conséquent sont les meilleurs contribuables sous tous les rapports, et les plus nécessaires à sa prospérité, qu'il serait si juste de soigner. Il est évident que les premières visites ne peuvent être pour le mal payant, souvent il n'est visité qu'au passage et quand le temps le permet, par conséquent très-souvent le lendemain.

On essaie depuis quelque temps ce que j'appellerai la médecine du pauvre, c'est-à-dire à prix réduit. D'abord les conseillers municipaux, qui ont un intérêt à ne pas trop grever le budget de la commune, ne font pas les listes bien longues, et c'est à prix réduit. Or, à qui fera-t-on croire que le médecin, quel que soit son zèle et sa charité, n'ira pas comme le médecin de ville voir d'abord les mieux payants quand les distances sont grandes surtout ? Admettons que je suis trop exigeant, mais je le répèterai : les demi-pauvres, ceux surtout auxquels il faut penser, qu'ont-ils à espérer de la médecine de bienfaisance? Ils sont les plus nombreux aussi bien à la campagne qu'à la ville, surtout si les récoltes manquent. Que de pauvres paysans qui, parce qu'ils ont un peu de bien, sont dans ce cas bien plus à plaindre que les plus pauvres de leur commune ! A ceux qui peuvent trouver trop sombre le tracé que je viens de faire, je dirai : Faites comme moi, chiffrez ce que coûte une maladie aux chefs de famille, chez les travailleurs : d'abord, mettons en première ligne le défaut de revenu par le fait de cessation de travail pendant la maladie, puis pendant la convalescence (douze jours de lit, 25 jours de convalescence), augmentation des dépenses dans la maison, chauffage, éclairage, linge à nettoyer, garde-malade enfin; viennent les honoraires du médecin, pharmacien, sans compter les rechutes ou les prolongations de convalescence, que le retour trop hâté au travail occasionne chez les plus laborieux comme chez ceux que la faim presse.

Ce mal est encore aggravé par la loi qui permet d'invoquer la prescription pour les honoraires dûs au médecin (quand ils sont réclamés plus d'un an après la guérison), et deuxièmement parce qu'elle ne reconnaît comme légitimes que les réclamations d'honoraires faites pour la dernière maladie, par conséquent elle oblige le médecin à être ou une dupe ou un homme que je ne puis qualifier honorablement; car enfin, excepté l'homme réellement riche, quel est le chef de famille qui peut, sans se gêner extrêmement, payer son médecin dès qu'il est guéri? De toutes les choses à payer, c'est celle qui demande le plus de crédit.

Qui porte donc véritablement secours aux classes que j'appellerai demi-nécessiteuses? Ce ne sont pas les médecins favorisés de la fortune, ils n'ont pas le temps, ils le disent d'ailleurs; ces heureux croient avoir assez fait pour les pauvres dans les hôpitaux; qui les payent peu c'est vrai, mais qui en revanche leur servent de réclame et font leur fortune.

Si les gens riches peuvent se donner la satisfaction d'être soulagés et consolés jusqu'au dernier moment par le médecin, les moins favorisés, cette classe si nombreuse, a-t-elle le même pouvoir puisque les frais de maladie sont pour elle une charge si grande? Croit-on que le père ou la mère de famille, qui pense qu'en mourant il va laisser l'objet de ses affections dans l'embarras, soit assez consolé et soulagé dans sa maladie par son curé, quelle que soit sa dévotion?

Après celle du vidangeur, il y a-t-il une profession qui, pour le débutant, présente plus de causes de dégoût à surmonter que l'étude de la médecine? Ce qui est même étonnant, c'est qu'on trouve encore autant de jeunes gens qui embrassent cette profession. Mais, à très-peu d'exceptions près, s'ils le font, c'est avec l'espoir et la volonté de trouver dans son exercice le *quid facit vivere*, enfin le moyen de se créer une position qui leur soit fructueuse et honorable.

Pour être bien exercée, quelle est la profession qui demande plus d'abnégation et plus de dévouement que celle de médecin? Le ministère du prêtre, les exigences du service militaire ne sont rien à côté de ce qu'exige l'exercice de la médecine. Jouer journellement sa vie et sa réputation qui est la fortune et l'avenir de sa famille, voilà ce que doit faire le médecin esclave du devoir, sans compter les autres anxiétés. Car croit-on que le médecin honnête dort tranquille quand il craint de s'être trompé, quand il a une opération grave à faire? Est-il une profession dans l'exercice de laquelle les insuccès soient plus sévèrement et, ce qui est pire, plus mal jugés, là où l'ingratitude soit plus souvent la seule récompense du dévouement et de l'abnégation?

La médecine exercée chez les pauvres, dans des taudis souvent infects, près des malheureux couchés dans des lits souillés, là où il faut tout improviser, n'est-elle pas aussi pénible que repoussante? C'est cependant celle qui est la plus mal rémunérée, quand elle l'est autrement que par l'ingratitude, comme je viens de le dire.

Aussi, voulant éviter cette condition, espérant faire comme les plus favorisés de la fortune, les jeunes médecins surabondent dans les grands centres. Là ils sont forcés à de plus grandes dépenses en tous genres. Le *cura famis* survient, c'est un mauvais conseiller. Il y a tant de moyens autres que la science et qui malheureusement sont plus faciles pour plaire à tant de clients, et qui trop souvent aussi ont été les moyens de fortune des prédécesseurs les plus favorisés par elle et comblés d'honneurs. Or, comme il n'y a qu'un premier pas qui coûte, est-il étonnant que, pour un trop grand nombre, la profession de médecin ne soit pas un ministère comme cela devrait être, mais un vrai métier, et que la fortune aille si fréquemment, non pas au plus instruit et au plus esclave du devoir, mais au savoir-faire? Voilà pourquoi on voit aujourd'hui tant de médecins s'autorisant de ce qu'ils payent patente devenir des postulants de places et de distinctions les plus infimes sans rougir, et de plus commettre tant d'actes de jalousie, que, malheureusement pour lui, le public qui se croit instruit favorise, sans paraître même se douter du mal qu'il se fait à lui-même.

Dans toutes les professions, quelque honorables et honorées qu'elles soient, il s'est toujours trouvé un certain nombre d'hommes qui n'observent pas toujours rigoureusement les devoirs qu'elles imposent. Malgré les moyens que les corporations emploient pour faire que l'honorabilité du corps soit sauvegardée, cela manque tout à fait pour le corps médical.

Je ne crois pas devoir faire l'énumération des faits qui m'ont porté à dire ce qui précède. Que chaque médecin qui a vieilli dans le métier et qui me lira dise si j'ai exagéré ; car près des malades, comme dans tant d'autres circonstances, c'est le succès seul qui absout. Or, ce n'est pas quand il est presque certain que la véritable énergie, celle qui honore réellement le médecin, c'est quand les cas sont périlleux ; c'est quand il se croit obligé de heurter les idées de l'entourage du malade qu'est le péril pour sa réputation, et par conséquent son avenir. Il faut surtout ajouter à cela les cas si fréquents où il se trouve, par le fait d'un confrère jaloux ou mal informé, un concours de circonstances malheureusement si fréquent, autant pour le malade que pour les médecins qui y sont exposés ; car beaucoup trop de nos confrères ne comprennent pas combien la rivalité qui existe donne au public des armes qui sont aussi nuisibles à eux-mêmes qu'aux malades et déconsidèrent le corps entier. Puisque je parle de ce mal si fâcheux, je crois devoir ajouter : Il est un but qu'il serait bien désirable d'atteindre, c'est de faire que tous les médecins fussent convaincus que celui qui fait l'éloge d'un confrère rival se rehausse dans l'opinion publique, que tout ce qui nuit à l'attaqué nuit aussi à celui qui attaque et médit.

Il y a longues années déjà, lorsque je demeurais à Amboise, les maîtres ouvriers de cette petite ville formèrent une société d'assurance. Consulté par les promoteurs de cette fondation sur le mode de payement pour les honoraires dûs aussi bien au médecin qu'au pharmacien, je les engageai à payer comme les associations qui rétribuaient le mieux, en leur disant : « Ne marchandez pas, vous auriez tort. »

Quand ils furent parfaitement organisés, ils vinrent me dire :

« Nous vous avons choisi pour médecin, pensant que vous voudriez bien accepter ; nous sommes déjà 80. »

Ma réponse fut : « Messieurs, je suis reconnaissant de votre choix, mais je ne puis accepter. A votre première réunion, je vous engage à faire ce qui suit : Chacun de vous désignera le médecin de son choix; or comme la somme que vous allouez pour les soins du médecin peut être acceptée par tous mes confrères, aucun des quatre ne refusera cela. Il en sera de même du pharmacien. » Ces conseils furent suivis. Sur les quatre-vingts associés, soixante me choisirent pour leur médecin, avec la liberté d'en choisir un autre tous les ans si cela leur convenait. Mes confrères firent de même pour les vingt autres. La même idée prévalut pour le choix des pharmaciens. Ce *modus agendi* eut pour effet immédiat de faire cesser l'emploi de certaines pratiques fâcheuses nées des rivalités confraternelles mal comprises ; car tous nous devions bien entendu, en cas d'absence, remplacer celui de nos confrères que des circonstances exceptionnelles pouvaient réclamer.

Il y a plus de trente ans que cette société existe; trois autres se sont formées depuis, dont une a hésité à suivre le *modus agendi* ; mais elle a bientôt reconnu la nécessité d'y avoir recours, et malgré que les médecins de ce temps et les pharmaciens aient disparu, les trois sociétés n'ont pas cessé de fonctionner selon les mêmes principes, ce qui, je le répète, n'a pas peu contribué à entretenir des rapports confraternels qu'il serait heureux de voir mettre en pratique dans bien d'autres villes.

Pour mettre, autant que possible, un terme aux choses graves que je viens de signaler et à bien d'autres, par conséquent arriver à ce que les médecins, sans être des employés de l'Etat, ce qui augmenterait le mal loin de le diminuer, c'est-à-dire faire qu'ils rendent à la société tous les services que leurs études et leur position leur permettraient de rendre, faire enfin que la médecine soit un vrai ministère et non un métier difficile sous tant de rapports, peu honorable quand il n'est exercé que par spéculation, — pour qu'il en soit de même pour les pharmaciens, ce qu'il faudrait, c'est qu'ils ne fussent plus payés de leurs soins par les clients, et que la rémunération à laquelle ils ont droit fût égale pour les pauvres comme pour les riches ; car je ne puis trop le répéter:

Pourquoi le médecin du pauvre n'aurait-il pas droit à la même rémunération que celui du bien doté de la fortune, au moins dans les cas ordinaires ?

Pour arriver à ce but, je crois qu'il serait bon qu'il fût, sous le titre d'assurance sanitaire, prélevé une contribution semblable à celle dite personnelle ou mobilière qui serait employée comme je vais dire.

Chaque chef de famille pourrait tous les ans désigner à sa mairie le médecin de son choix, pour lui et les siens par conséquent, si cela lui convenait ou s'il croyait devoir en prendre un autre que celui qu'il aurait choisi d'abord; il pourrait en faire autant pour le pharmacien, parce que les médicaments comme les soins médicaux seraient distribués gratuitement, comme ils le sont aujourd'hui à tous les membres des sociétés où l'assurance sanitaire fonctionne tant bien que mal Ainsi les soins médicaux les plus complets seraient donnés gratuitement à tous les êtres souffrants, sans distinction, ce qui, comme on doit le voir, serait fait sans aliéner l'indépendance du médecin, et les qualités, qui honorent celui qui pratique avec tout le dévouement désirable, seraient le seul et véritable moyen de succès pour le jeune praticien, et non pas l'emploi d'autres qu'on rougirait d'énumérer qui deviendront de plus en plus en vogue, malheureusement, si les conditions actuelles ne changent pas. Qui pourrait chiffrer exactement l'économie qu'il y aurait à ce que le médecin et le pharmacien fussent traités comme je viens de le dire ? Si je ne m'abuse pas, elle serait considérable. Pour s'en faire une idée il suffit d'avoir jeté seulement les yeux sur les annonces et toutes les réclames, sources de tant de fortunes mal acquises, pour voir la quantité de médicaments mal employés.

Est-il bien difficile de démontrer que si la rémunération médicale était égale pour tous les malades, que si le médecin était également rémunéré pour tous les malades confiés à ses soins, et s'il était intéressé à montrer des succès sérieux, que les enfants trouvés et tous ceux du peuple seraient mieux soignés, périraient moins, car il serait le surveillant le plus autorisé, le plus actif des nourrices et des parents négligents ?

Autre considération : plus le foyer primitif d'une maladie transmissible est négligé plus les cas de transmission sont graves, plus ils sont nombreux plus ils sont graves, plus par conséquent ils'en trouve de mortels pour toutes les classes. Je ne crois pas devoir en dire plus sur ce point. Eh bien, le jour où une plus grande surveillance sera faite dans les gîtes infects des pauvres, où il y aura des hommes intéressés autrement qu'aujourd'hui à mettre fin aux causes de contamination, combien d'épidémies seront non-seulement prévenues mais rendues moins meurtrières, combien les maladies vénériennes dont le nombre et les effets fâcheux vont croissant seront amoindries le jour où le médecin aura à la fois le devoir, le droit et un intérêt à faire les investigations nécessaires quand un vénérien ou contaminé quelconque viendra le consulter?

Un considérant qui n'est pas à dédaigner, quoiqu'il soit pour quelques-uns moins sérieux, c'est le suivant :

Quand on est riche on peut avoir un médecin qui, même quand il ne peut vous guérir, vient vous voir jusqu'à ce que vous fermiez les yeux ; il vous soulage au moral comme au physique; mais quand on n'est pas si heureusement doté de la fortune, quand la famille est forcée de compter, ce qui est bien plus fréquent, peut-il en être comme pour le riche ? Ainsi, non-seulement le malheureux souffrant est privé d'être soulagé moralement et aussi de ses douleurs réelles, car la famille qui souvent va perdre l'auteur de ses ressources ne peut continuer à s'imposer des frais qu'elle croit devoir être inutiles (j'ai posé ici la difficulté supposant qu'il s'agit d'une famille bien dévouée et bien affectionnée); mais combien se passe-t-il de choses plus tristes quand les héritiers sont avares ! car chez ceux-là, quand bien même le médecin ferait des visites gratuites, il ne serait pas accueilli.

Toutes les idées neuves rencontrent des critiques ; la mienne ne peut faire exception. Je n'ignore pas qu'elle va paraître tout à fait inexécutable.

La première objection qui sera faite le sera par mes confrères, je les connais; ils vont me dire : Comment assurer le service des voyageurs et des nomades?

1° Je ne vois pas pourquoi les maîtres d'hôtels, d'auberges et logements garnis ne seraient pas imposés, par exception, pour le nombre de lits mis à la disposition des voyageurs proportion-

nellement au prix de ces locations; ils auraient le droit de désigner plusieurs médecins, ce qui concilierait tout.

2° Ils pourront objecter que les malades, ne payant plus directement le médecin ni le pharmacien, deviendront trop exigeants.
D'abord, pour le pharmacien, comme il ne serait plus donné de médicaments sans ordonnance, la réponse ou plutôt l'objection est
résolue ; reste à répondre pour les médecins : les adulés de la fortune pourront avoir un peu raison de trouver ces exigences dures
car il leur faudra être aussi assidus sans être probablement aussi
bien rémunérés; mais la généralité, et surtout ceux qui ont brigué
ou accepté la charge de médecin de société de secours mutuels,
pourraient ils faire cette objection ?

3° Une autre cause d'opposition que je vais trouver probablement, c'est celle-ci : Comment chaque praticien connaîtra-t-il
sa clientèle pour l'année et ses exigences ?

Il lui suffira d'aller à sa mairie et à celles des environs s'il de-
meure à la campagne, là où il exerce habituellement pour être
promptement renseigné. Il pourra même, si quelques clients sont
trop éloignés, les informer de l'impossibilité où il croit être de
les conserver pour clients; il les mettra à même de choisir un
autre médecin, chacun doit avoir sa liberté; ce qui ne peut cependant faire qu'un médecin refuse, dans un cas pressant, les soins
qu'il peut rendre.

En cas de maladie du médecin ou dans le cas où il serait absent,
comment faire ?

Si, pour que les malades n'en souffrent pas, la confraternité voisine ne pouvait être invoquée, ne serait-il pas possible d'y subve-
nir par les aspirants au titre de médecin praticien? Car on reconnaîtra un jour qu'il serait bon d'exiger d'eux un stage, comme il
en est exigé pour les pharmaciens, les huissiers et les notaires,
et je crois aussi pour les avoués. Ne serait-il pas possible de demander au besoin un peu l'assistance d'un retraité voisin ? car
j'aime à croire qu'aucun d'eux n'oserait refuser les conseils que sa
vieille pratique pourrait rendre nécessaires.

Sur quoi serait basée la retraite? qui en fixera le chiffre?

Comme elle devra d'abord être basée sur le nombre des clients
que le réclamant aura eus, et par conséquent sur les retenues qui

lui auront été faites chaque année, il n'y aura de point à régler que celui fondé sur les succès pratiques et les travaux scientifiques que le réclamant croira avoir droit de faire valoir, chose qui, je crois, pourra être réglée par une réunion de doyens qui devrait siéger soit à Paris, soit dans chaque département, composée d'hommes n'ayant plus de ces intérêts qui divisent : car ce qu'il faut, c'est que tous les vrais succès soient récompensés, si la loi veut entretenir une véritable et honorable émulation entre les praticiens qu'il est si urgent de substituer aux agissements de ces traficants qui s'enrichissent aux dépens des vrais médecins et des pharmaciens consciencieux.

Tous les médecins, quelle que soit leur instruction, ne sont pas aptes à faire de la haute chirurgie, car il faut une véritable vocation ou de l'habitude pour recevoir des jets de sang sans s'émouvoir et rester impassible quand la vie d'un malheureux dépend d'un coup de bistouri plus ou moins bien donné, et quand il faut quelquefois tout improviser. Enfin, il faut, pour remplir les devoirs du chirurgien, de l'habitude ou des qualités qui se perdent aussi quand on ne pratique pas souvent des opérations. Serait-il impossible de faire que, dans chaque centre un peu populeux, il fût établi un local ou même plusieurs, où les maladies sollicitant l'acte du chirurgien trouveraient les soins désirables ; et d'ailleurs, ce qu'il faudrait, c'est que le service des hôpitaux ne fût pas recruté par la faveur.

Pourquoi ne rémunèrerait-on pas selon les distances le chirurgien que le confrère appellerait à son aide dans un cas grave? car, l'opération faite, tout médecin doit savoir panser convenablement.

Quant aux appareils nécessaires et aux bandages qui, quand ils ont servi sont toujours bons, qui empêcherait qu'ils fussent soignés et entretenus soit chez le pharmacien, soit dans les hôpitaux, et enfin laissés accessibles à tous les besoins, sur la demande du médecin traitant?

Pourquoi les sages-femmes ne seraient-elles pas traitées comme les médecins. Le nombre des accouchements annuels serait là pour fixer les récompenses. Elles seraient les aides des médecins, tant pour les soins à donner aux femmes que pour surveiller l'éducation des nouveaux nés. C'est un perfectionnement qui pourrait avoir des résultats incalculables, car combien de femmes qui hésitent à parler au médecin de leur infirmité, combien de petits soins auraient de bons effets, tant pour les femmes que pour les enfants? Si les sages-femmes étaient surveillées ou dirigées par le médecin, elles acquerraient une valeur qu'elles n'ont point en général, et, pour certaines, l'audace qu'elles ont quelquefois serait mitigée fructueusement si j'en crois mes observations, car j'ai plus constaté de fautes commises par elles que par mes confrères peu expérimentés. Au moins ces derniers appelaient généralement à leur aide, tandis que certaines sages-femmes sont beaucoup *trop entreprenantes* pour le salut de leurs clientes.

Post-scriptum qui n'est pas indispensable pour les chloro-anémistes.

Mon confrère Duclos qui, comme moi, a tant de fois été consulté pour des chloro-anémies dues aux excès de table, m'a engagé à ne pas quitter la plume avant d'avoir rappelé le fait suivant:

Sous Louis XIV, la commutation de la peine de mort était accordée à condition que le condamné à mort serait astreint à vivre exclusivement de viande et à ne pas user d'autre boisson que du vin de Bourgogne. (Leur urine était employée pour la teinture dans la fabrique des Gobelins). Eh bien, pas un de ces condamnés n'a survécu plus de cinq ans à ce régime obligatoire.

Chez les trappistes, où la vie consiste en travaux corporels, pain et légumes avec demi-litre de cidre, on voit les mal portants qui se rendent dans ces couvents guérir, et la longévité y être commune.

TABLE DES MATIÈRES

Tours. — Imp. Mazereau, rue Richelieu, 13.